명시 산책

시와 함께 걷는 기쁨

명시 산책

시와 함께 걷는 기쁨

이방주 지음

북레시피

〜〜〜〜〜 '시와 함께 걷는' 시리즈를 마무리하며 〜〜〜〜〜

이제 『시와 함께 걷는 기쁨』(2022)으로 '시와 함께 걷는' 시리즈(『시와 함께 걷는 세상』(2015), 『시와 함께 걷는 마음』(2019))를 마감하게 되었습니다. 애송愛誦하고 있는 시에 대한 에세이를 쓰다 보니 자연히 평소 필자가 갖고 있는 생각과 세상을 바라보는 시각이 표출되었군요.

다음은 이 시리즈를 마감하는 시점에서, 새롭게 다가오는 느낌에 대해 말하고자 합니다. 다름 아니라 원래 의도한 것은 전혀 아니었으나, 이 에세이가 이제 와서 보니 필자의 자서전 역할役割도 하고 있다는 느낌 말입니다. 통상의 자서전과는 전혀 다른 형식으로, 이 짧은 인생을, 무슨 생각을 갖고 어떻게 생각을 하면서 살았는가를 말해주는 자전적自傳的 기록이라고도 볼 수 있겠네요. 어쩌면 이것이 바로 제가 남기고 싶은 이야기였는지도 모릅니다.

필자는 한결같이 매일 시와 함께 걷는 기쁨을 즐기고 있습니다. 많은 분들이 동참하시어 이 즐거움을 함께한다면, 그 이상의 보람이 없겠습니다.

그간 독자 여러분께서 보내주신 격려와 응원에 감사드립니다. 감사하고 감사합니다.

2022년, 이른 봄철에
이방주

*『시와 함께 걷는 마음』을 수정 보완하였으며 15수를 더 추가하여 모두 71수가 되었습니다.

시와 함께 걷는 행복한 시간

시를 가까이하게 된 것은 불과 몇 년 전 일이다. 일생을 총성 없는 전쟁터라고 불리는 Business Circle에서 세상사와 씨름하며 살아온 필자로서는 시 한 구절 제대로 암송할 마음의 여유가 없었다.

약 5년 전 어느 늦가을 우연히 혜화초등학교 담장 옆 꽃길을 걷다가 「모란이 피기까지는」, 「국화 옆에서」 등의 시가 씌어 있는 패널을 보고 발길을 잠시 멈추었다. 너무나 감동이 되었다. 한밤중 무심코 커튼을 열었을 때 갑자기 달빛에 쏘인 것 같은 충격을 받았다. 아! 내가 왜 이런 황홀한 시의 세계를 외면하고 살았는가, 하는 탄식이 저절로 나왔다.

이 글은 시에 대한 평론은 아니다. 필자는 아마추어 애호가로서 시에 대한 평가를 할 수 있는 자격이 없다는 것을 너무나 잘 알고 있다. 다만, 시를 사랑하고 즐겨 애송하고 암송하는 일반 독자의 입장에서 어떤 형식에도 구애받지 않고 시와 함께 걸으며 떠오르는 단상斷想들을 자유롭게 쓴 것이다.

필자는 마음에 드는 시를 만나게 되면 이를 핸드폰에 입력시킨 후 며칠에 걸쳐서 암송한다. 주로 산책길에서 주위 사람들도 눈치 못 채게 조용히 암송한다. 그렇게 하면 그 시의 참맛을 음미할 수 있고 또 그 시가 지닌 품격이랄까 그 시가 갖고 있는 기氣가 마음속에 스며든다. 그러다 보면 이런저런 단상들이 떠오르게 되는데, 처음에는 그런 마음을 혼자 즐기는 것으로 만족하였으나 사람의 기억이란 유한한 것이므로 글로써 남겨야 하지 않겠는가 하는 생각이 문득 들어 이 부족한 글을 쓰게 되었다.

필자의 소견으로는 명시名詩에는 이미 그 내면에 나름대로의 곡曲이 내재되어 있는 것 같다. 암송이 잘 되는 시는 운율이 잘 느껴지며 그 음악적 리듬은 그 시구가 뿜어내고 있는 기氣와 자연스럽게 어우러진다. 그래서 이미 운율을 지니고 있는 명시에 새롭게 곡을 붙인 노래들이 성공하기 힘든가 보다.

시는 암송을 해야 제맛이 난다. 그래서 필자가 좋아하는 시는 암송하기 편한 시들이다. 암송하기에 너무 길거나 지나치게 산문적이어서 암송하는 맛이 없는 시는 별로 좋아하지 않는다.

그 대상이 무엇이든 자기가 좋아하는 것을 공개하기란 부담스러운 일이다. 좋아하는 대상이 책이든 공연 작품, 그림, 음악, 식당, 산책길이든 그 모든 것들은 그 사람의 성품이나 성격을 드러내기 때문이다. 이 책의 경우 필자가 애송하고 있는 시뿐 아니라 그와 관련된 단상이랄까 에세이까지 포함되므로 약간의 용기가 필요했다. 그러나 필자의 나이 어느덧 노년老年에 접어들고 있어 어느 정도의 부끄러움은 감수할 수 있다는 생각으로 이 글을 세상에 내놓게 되었다.

그 사람의 인격을 말해주는 의식 수준은 고정되어 있지 않다. 어떤 환경의 변화를 맞이할 때에는 달라진다. 예를 들면 올레길이나 꽃비 내리는 산책길을 걸을 때 그 사람의 의식 수준은 대자연의 높은 의식에 동화되어 올라간다. 뿐만 아니라 시인이 고뇌하며 한순간 섬광처럼 떠올린 영감靈感으로 지은 시 한 구절을 암송하고 나면 그의 의식 수준 역시 그 시를 썼을 때 시인의 높은 의식 수준에 동조화同調化된다. 이 얼마나 고맙고 감격스러운 일인가.

이렇듯 대자연과 더불어 시를 가까이하는 것이야말로 최고의 힐링이다. 그것은 옛 선비들이 시와 함께 주유천하周遊天下했던 기분이고 마음일 것이다. 그렇다고 어디 먼 휴양지로 떠나야 한다는 것은 아니다. 마음에 드는 시詩와 함께 주변의 공원이나 산책길을 걷는 것만으로도 충분하다. 이런 것이 바로 시의 힘POWER이고 시를 가까이해야 하는 이유가 아닌가 한다.

수많은 정보가 넘쳐나는 인터넷 시대에 이미 세상에 널리 알려진 시 몇 수가 독자에게 큰 감동을 주리라고는 생각하지 않지만, 여기에 소개해드리는 명시 48수가 독자의 마음을 푸근하게 하고 행복한 하루를 만드는 데 조금이라도 도움이 된다면 더할 나위 없는 보람이고 감사한 일이겠다.

　나이도 있고 전문적인 문필가도 아닌 아마추어 애호가로서 앞으로 이런 글을 다시 쓸 수 있을지는 기약하기 어려운 것이 현실이다. 그렇기에 이 책을 가까운 분들에게 우선 보내드리려고 한다.

　그러나 이미 이 세상을 떠나신 분들, 천상병 시인의 시구처럼 아름다운 이 세상 소풍 끝내고 우리들의 고향인 별나라 하늘로 먼저 돌아가 계신 분들에게는 보내드릴 방법이 없으므로, 이 서문에서나마 감사의 인사를 드리는 것으로 대신하는 것이 도리일 듯하다.

　할아버님, 그리고 생전에 뵙지도 못한 할머니, 아버지 어머니께 제일 먼저 인사드리고 정세영 명예회장님을 비롯한 심현영 회장, 이진항 감사, 그리고 은사이신 조동필 교수님과 가까운 친구인 함병도 전무, 김영일 회장, 후배인 김학율 단장, 임기태 상무, 유건목 기자, 최인호 작가에게 마음이라는 우체통으로 이 책을 부쳐드립니다.

　감사하고, 감사합니다.

2015년 11월
이방주

| 차례 |

나만 아는
숲이 있습니다

사랑하는
동안

멋지게
사는 법을
알았다네

마음속에
시 하나가
싹텄습니다

나만 아는
숲이
있습니다

사는 게 힘들고 세상사 마음대로 풀리지 않을 때에도

걸으면서 고민하고 생각하면,

대자연의 도움을 받아 긍정적이고 발전적인 방향으로

마음을 추스를 수 있게 됩니다.

햇살에게

`

정호승

이른 아침에
먼지를 볼 수 있게 해주셔서 감사합니다
이제는 내가
먼지에 불과하다는 것을 알게 해주셔서 감사합니다
그래도 먼지가 된 나를
하루 종일
찬란하게 비춰 주셔서 감사합니다

이른 아침에
먼지를 볼 수 있게 해주셔서 감사합니다

내 몸 밖이 바로 우주 공간이다. 이 우주의 나이는 137억 년이고 지구는 46억 년이다. 그야말로 장구한 역사를 가진 광활한 우주 공간이 어떤 신비한 운영 법칙에 의해 질서 있게 움직이고 있다. 우리가 살고 있는 지구는 중력과 원심력으로 균형을 이루며 태양 주위를 돌면서 하루도 빠짐없이 찬란한 아침을 만들어내고 있다. 이러한 우주의 역사와 운영 시스템을 생각하면, 우리가 매일 맞이하는 아침은 그야말로 신비스러우면서도 장엄한 순간이 아닐 수 없다.

시인詩人이 노래한 대로, 이른 아침 잠자리에서 일어나 먼지를 볼 수 있다는 것은 감사해야 할 일이다. 미국 루스벨트 대통령의 부인이며 유엔 대사였던 문필가 엘리너 루스벨트Eleanor Roosevelt 여사는 "Today is a gift"라고 갈파한 바 있다.

이 아름다운 지구라는 무대 위에서 우주의 기氣를 느끼며 일하고, 사랑하고, 또 생각하면서 살아갈 수 있다는 것은 너무나 감사한 특권이자 축복이 아닐 수 없다. 극미極微한 우주의 씨가 빅뱅(대폭발)을 만들어 오늘날의 우주가 되었다. 큰 폭발이 일어난 후에 수많은 별들이 생겨났고, 그 후로 장구한 세월 동안 기적과 같은 과정을 거쳐서 인간의 생명이 탄생하였다.

홍승주 서울대학교 명예교수에 의하면 우리 몸을 구성하고 있는 물질은 수소와 헬륨만 빼고 모두 다른 별에서 만들어졌다고 한다. 우리의 고향은 밤하늘에 반짝이는 저 별들이고, 137억 년이라는 장구한 시간을 갖고 있는 우주의 역사 역시 우리들의 역사인 셈이다.

이런 우주, 지구라는 무대 위에서 오늘을 살아가는 우리는 한 사람, 한 사람 모두가 매우 귀중한 존재가 아닐 수 없다.

이제는 내가
먼지에 불과하다는 것을 알게 해주셔서 감사합니다

천문학자 이영욱 교수는 밤하늘이 어두운 이유를 이렇게 설명하고 있다. 우리가 관측할 수 있는 별은 가까운 거리에 있는 별들뿐이고, 멀리 있는 수많은 별들이 발산하는 빛은 우주 탄생Big Bang 이후 열심히 빛의 속도로 우리에게 달려오고 있지만, 우주가 너무 광대해서 아직 우리에게 도착하지 못했기 때문이라고 한다.

반면에 우리의 인생은 너무나 짧다. 하루는 지루할지 몰라도 지난 세월을 생각하면 눈 깜짝하는 순간인 것이다.

이 무한한 우주 공간과 장구한 우주의 역사를 생각하면, 생로병사生老病死의 굴레를 못 벗어난 채 그야말로 눈 깜짝할 순간을 사는 우리는, 시인이 가르쳐주는 것처럼 먼지 같은 미미한 존재이기도 하다.

그래도 먼지가 된 나를
하루 종일
찬란하게 비춰 주셔서 감사합니다

그러나 우리에게 오늘이라는 선물을 주어 이 광대한 우주 공간에서, 이 아름다운 지구에서 일하며, 사랑하며, 생각하며 살아갈 수 있는 특권을 누리게 하시는 햇살에게, 좀더 구체적으로 말하면 우주에 감사하지 않을 수 없다.

사는 게 힘들고 어려워도, 불합리와 부조리에 화가 나도, 장구한 역사를 가진 우주가 바로 내가 태어난 고향이고 나 역시 그 일부라는 점을 생각하면 삶에 대한 자세가 달라질 수밖에 없다. 세상사 모든 것을 이해하고 사랑하고 감사만 하며 살기에도 너무나 하루하루가 귀중하고 아까운 시간이라는 것을 시인은 알려주고 있다.

이야기가 여기까지 전개되면 서머싯 몸W. S. Maugham의 소설 『달과 6펜스』의 실제 모델이기도 한 인상주의 화가 폴 고갱Paul Gauguin의 유언遺言과도 같은 작품인 「우리는 어디에서 왔으며, 무엇이며,

어디로 가는가Where do we come from? Who are we? Where are we going?」
라는 다소 긴 제목의 그림에 대해서 이야기를 해야 할 것 같다.

2013년 가을 서울시립미술관 고갱 특별전에서 그간 사진으로만
보았던 문제의 작품을 직접 감상할 수 있는 행운을 가졌다. 세로
139cm, 가로 374.7cm 크기의 어딘지 모르게 신비롭고 독특한 분위기
의 대작大作이었다. 화폭의 오른쪽 아래에 자고 있는 어린아이로부
터 시작해서 왼쪽 끝에 죽음을 맞이하고 있는 늙은 여인으로 끝나
는 직사각형의 작품이다. 1897년 4월 가장 사랑하던 딸 알린의 죽음
을 통보받은 고갱은 경제적으로 가난에 시달리고 있었고, 육체적으
로 병들어 있었으며, 정신적으로 절망의 늪에 빠져 있었다. 그러한
절박한 상황에서 그는 "우리는 어디에서 왔으며, 무엇이며, 어디로
가는가?"라는 근원적이고 철학적인 질문을 한 것이다. 그는 이러한
질문을 자기 자신은 물론이고 세상을 향하여 던진 것이다. 그의 작
품 속에 답은 없다. 다만 질문만 던졌을 뿐이다.

그렇다면 정호승 시인의 이 시가 답이 될 수 있지 않을까요?
우리 모두 별나라에서 왔으며, 귀중하기도 하지만 먼지같이 미미
한 존재이며, 이 아름다운 지구에서 지낼 수 있는 특권을 잠시 누리
다가 결국은 원래의 고향인 별나라 우주 속으로 다시 되돌아가는
것으로 답할 수 있지 않을는지요.

마지막으로 이 시와 관련하여 남기고 싶은 이야기가 있다. 필자가 이 시를 접하자마자 '아! 너무나 좋다' 하고 필이 꽂힌 데는 이 시의 시상詩想이 필자의 좌우명座右銘과 맥락을 같이하고 있기 때문이었다.

그러기에 다음과 같은 필자의 좌우명을 이 글 말미에 남겨놓고자 한다.

우주는 무한하고
인생은 너무나 짧습니다

지구는 너무나 아름답고
삶은 축복입니다

* 필자의 졸저拙著『부동산 행복연습』(2012, 3월 간행) 참조

모든 순간이 꽃봉오리인 것을

정현종

나는 가끔 후회한다
그때 그 일이
노다지였을지도 모르는데……
그때 그 사람이
그때 그 물건이
노다지였을지도 모르는데……
더 열심히 파고들고
더 열심히 말을 걸고
더 열심히 귀 기울이고
더 열심히 사랑할걸……

반벙어리처럼
귀머거리처럼
보내지는 않았는가

우두커니처럼……

더 열심히 그 순간을
사랑할 것을……

모든 순간이 다아
꽃봉오리인 것을,
내 열심에 따라 피어날
꽃봉오리인 것을!

나는 가끔 후회한다
그때 그 일이
노다지였을지도 모르는데……

왜 그렇게 우두커니처럼 덤덤하게 보냈는지, 왜 그렇게 안목도 없이 소소한 일들에 얽매여 그 진면목眞面目을 알아보지 못했는지…….

필자 역시 가끔 이런 후회를 하고 있다. 그러기에 남다른 안목을 가지고 인생의 고비를 슬기롭게 넘겨온 하형록 회장의 이야기가 너무나도 가슴에 와닿아 이를 소개하고자 한다.

그는 사업에서만 성공한 것이 아니라 인생에서도 성공한 분이다. 미국에서 주차장 건설업을 하는 하형록 회장의 팀하스Tim Haahs는 미국 젊은이들이 가장 일하고 싶어 하는 회사로 손꼽힌다고 한다.

하형록 회장은 성공의 비결로, defining moment 즉, 자신의 본질이나 정체가 밝혀지는 결정적인 순간을 놓치지 말라고 조언한다.

하회장은 20여 년 전 심장이식 수술을 받기 위해 입원하여 대기하던 중 응급으로 심장이식 수술이 필요한 환자에게 순번을 흔쾌히

양보하여 그를 살려냈다. 참으로 어려운 결정을 한 것이다. defining moment에서 그의 참다운 진면목을 발휘한 것이다.

이러한 하회장의 좋은 평판에 매료된 다국적기업인 MBNA는 직원이 세 명뿐인 팀하스에 건당 4,000~8,000만 달러나 되는 5개 대형 프로젝트를 모두 맡겼다고 한다. 이게 바로 정현종 시인이 가르쳐주고 있는 노다지가 아니고 무엇이겠는가?

하회장의 또 다른 일화逸話가 있다. 하루는 그의 여고생 딸에게서 전화가 왔다. 친구가 응급환자로 병원에 입원을 하게 됐는데 부모님이 여행 중인 딱한 상황이라면서, 자기는 지금 코앞에 닥친 기말시험 준비로 시간을 내기가 어려운 형편이니 어떻게 하면 좋겠느냐는 얘기였다.

그는 딸에게 시험을 망치더라도 곧장 병원으로 달려가 도와주라고 조언하였다고 한다. 이 역시 자기 자신의 정체가 드러나는 'defining moment'을 놓치지 말라는 그 아버지다운 조언이라 하겠다.

과연 우리 사회에서 이러한 순간 부모는 자식에게 어떻게 하라고 가르칠지 모르겠으나, 아마도 하회장의 딸은 이번 일로 평생 가는 우정友情을 얻었을 것으로 추측된다. 이 또한 정현종 시인이 말하고 있는 노다지 아니겠는가.

    모든 순간이 다아
    꽃봉오리인 것을,

영혼의 존재를 믿건 안 믿건 간에 무한한 우주와 그 장구한 역사를 생각하면 우리가 사는 일생은 그야말로 찰나 같은 눈 깜짝하는 순간이며 우리의 삶 하나하나가 축복임을 이해하는 것은 그리 어렵지 않으리라고 생각한다. 그러나 희로애락, 오감五感 속에 갇혀서 살다 보면 모든 순간이 다 꽃봉오리인 것으로 인식하고 살기가 쉽지 않은 것 또한 현실이다.

어떤 변화를 주어야 한다.

이러한 변화를 위해서는 종교나 철학의 도움을 받을 수 있겠으나, 가장 손쉽고 효과적인 방법은 "모든 순간이 다아 꽃봉오리인 것을" 같은 명시의 시구를 수시로 암송하는 것이다. 그러면 뇌파도 현실 세상에 얽매여 있는 beta 상태에서 명상의 세계인 alpha 상태로 바뀌게 된다. 다시 말하면 우리의 의식구조를 지배하고 있는 현실적인 제약에서 벗어나 본래 내 마음속에 존재하고 있는 우주의 마음을 만나게 되는 것이다.

내 열심에 따라 피어날
꽃봉오리인 것을!

모든 순간이 다 꽃봉오리이다. 그런데 이 꽃봉오리는 내 열심에 따라 피어날 수도 있고, 피어나지 못할 수도 있다는 데 큰 의미를 두고자 한다. 만약 내 열심과 관계가 없는 꽃봉오리라면, 나는 역할 없는 방관자이며 꽃봉오리가 피어나는 참맛을 향유할 수 없는 존재가 되고 만다. 이 시구는 내가 바로 이 세상이라는 무대에 엑스트라나 조연이 아닌 당당한 주역임을 깨우쳐주고 있다.

혹자는 의문을 가질 수도 있다. '나처럼 힘없고 부족한 사람이 어떻게 이 세상의 주역이라고 생각할 수 있는가'라고. 이 세상에는 못난 사람, 잘난 사람, 약한 사람, 강한 사람 각양각색의 사람이 있다. 그러나 내가 꽃봉오리를 만들어가는 세상의 무대에서는 아무리 못나고 부족해도 내가 주연이 되는 것이며, 아무리 잘났어도 나 외에는 모두 조연인 것이다. 연극이나 영화, 드라마 속의 주인공도 꼭 잘나고 힘 있는 사람만 있는 것은 아니다. 왕도, 권력자도 엑스트라급에 불과한 작품들 역시 많지 않은가.

이제는 두 시구를 합쳐보겠다.

모든 순간이 다아
꽃봉오리인 것을,
내 열심에 따라 피어날
꽃봉오리인 것을!

얼마나 멋있고 감동적입니까. 어떤 경전이나 염불 못지않게 암송할 만한 충분한 가치가 있지 않을까요.

원래 한자로 시詩는 절[寺]에서 쓰는 말[言]이라는 뜻이 있다. 시를 암송하는 것은 스님들이 "나무아미타불 관세음보살" 같은 염불을 하는 것과 같은 행위이다.

공원을 걸으면서, 지하철에 앉아서, 침대에 누워서도 수시로 주위 사람들이 눈치 못 채게 조용히 마음속으로 암송해보세요. 신비로운 힘이 몸과 마음속에 스며들어 자존감self-esteem이 생기고, 자신도 모르게 너그러워지며 감사하게 되고 행복감도 느끼게 될 것입니다.
이 짧은 시구 하나로.

새해 첫 기적

반칠환

황새는 날아서
말은 뛰어서
거북이는 걸어서
달팽이는 기어서
굼벵이는 굴렀는데
한날한시 새해 첫날에 도착했다

바위는 앉은 채로 도착해 있었다

참으로 기적 같은 일이지요. 움직이는 속도는 제각기 다름에도 새해 첫날에 황새는 날아서, 말은 뛰어서, 달팽이는 기어서, 굼벵이는 굴러서 한날한시 도착했다니, 더더군다나 바위는 앉은 채로 미리 도착해 있었으니 놀라운 일이 아닐 수 없다.

잠시 '시간'에 대해서 과학적인 이야기를 먼저 하는 것이 좋을 것 같다.

시인이 기적이라고 바라보는 이 같은 새해 첫 사건은, 시간은 누구에게나 언제나 절대적이라는 아이작 뉴턴(1642~1727)의 고전 물리학적 논리에 기초한 사고思考이다. 그러나 알베르트 아인슈타인(1879~1955)은 그의 상대성이론에서 시간은 결코 절대적인 것이 아니며 관측자의 운동상태에 맞추어 연동하여 변하고 있음을 발견했다. 다만, 이러한 변화는 우리의 일상생활에는 그 영향이 극히 경미하여 느껴지지 않을 뿐이다.

그러나 반칠환 시인이 창조하고 있는 메타포metaphor의 세계에서는, 시간이 서로 운동상태에 맞추어 얼마든지 변화할 수 있음을 상상할 수 있다.

이와 같이 시간이 상대적이라면, 황새와 말, 거북이, 달팽이, 굼벵이, 심지어 바위까지 서로 다른 시간의 화살을 갖고 있다 하더라도 서로의 운동 속도에 맞추어, 시간이 변하여 한날한시 새해 첫날에 도착할 수 있는 일이다. 이렇듯 시간은 마술쟁이다.

아무리 부자고 권력자라 해도 자기의 한 시간을 다른 사람의 한 시간보다 길게 하거나 짧게 만들 수는 없다. 이러한 절대적 시간의 개념에서 시간은 언제나 누구에게나 똑같고 공평하다고 생각하게 한다. 그러나 실상은 다를 수도 있다.

어려운 과학이론을 떠나서 우리가 현실 세계에서 경험하는 시간은 누구에게나 똑같고 공평하게 보이나, 항상 그러한 것이 아니고 상황과 입장에 따라 다르기도 하다. 다시 말하면 우리는 일상생활에서 시간은 언제나 누구에게나 절대적이라고 착각하고 살고 있지만, 때로는 넓은 의미의 상대적 시간도 경험하면서 살아가고 있다는 이야기다.

예를 들면 어렸을 때는 시간이 꽤 길게 느껴진다. 초등학교 1년보다 어른이 된 이후 회사 생활 1년이 훨씬 빨리 간다. 이는 1년이 여섯 살 아동에게는 생애 1/6이나, 서른 살 청년에게는 1/30에 불과하기 때문이다. 서로 시간의 길이가 다른 셈이다.

후쿠야마대학의 마츠다 후미코 박사는 이렇게 분석한다. 어렸을 때는 나날이 새롭다. 매일 새로운 체험을 하므로 기억의 양이 많다. 그래서 시간이 길게 느껴진다. 그러나 성년이 되고 나면 새로운 것보다 과거 경험의 되풀이가 많아진다. 그러니 기억해야 할 양이 적어져서 시간이 짧게 느껴진다고 한다.

필자의 경험도 그렇다. 특히 시간이 길게 느껴진 경우는 군대에 갔을 때다. 훈련차 병영에 입소한 첫 주, 마치 한 달은 더 지난 것 같아 의아하게 생각했던 기억이 있다. 그리고 최근에도 수시로 경험하는 것이지만, 외국 여행 삼사일이 마치 열흘 이상 경과된 것처럼 느껴진다.

빨리 가는 시간이 아쉬운 노인들은 나이가 들수록 새로운 경험을 하는 것이 필요하다. 이것이 바로 시간의 확장擴張이 된다. 그러나 나이 들어서 새로운 경험을 많이 한다는 것은 비현실적이다.

그렇지만 독서나 명상 등을 통한 지적 탐구를 하여 새로운 지식을 접하고 공부하는 것도 훌륭한 대안이 될 수 있을 것이다. 이런 시간이야말로 서양 사람들이 특히 강조하는 Quality time*이라고 하겠다.

시간은 모두에게 똑같고 공평하게 보이나 사용하기에 따라 누구에게는 길게, 또 누구에게는 짧게도 될 수 있는 마술 방망이인 셈이다. 반칠환 시인은 우리가 사는 이 세상은 누구나 나름대로 자기 몫을 할 수 있도록 설계되었음을 새삼 깨우쳐주고 있다.

너무 잘났다고 자만할 일도 아니고 능력이 없다고, 가진 것이 없다고 주눅 들 일도 아니다. 다 조절해서 살아갈 수 있도록 디자인된 세상 속에 살아가고 있음을 인지하고 자기 나름대로의 Quality time이 무엇인지를 발견하여 그런 시간을 많이 갖는 것이 시간을 확장

하는 방법이 된다. 이는 물리적으로 오래 사는 것 못지않게 중요하다고 하겠다.

* Quality time: 귀중한 시간(예; 퇴근 후에 자녀와 함께 보내는 시간)

귀천 歸天

천상병

나 하늘로 돌아가리라
새벽빛 와 닿으면 스러지는
이슬 더불어 손에 손을 잡고,

나 하늘로 돌아가리라
노을빛 함께 단둘이서
기슭에서 놀다가 구름 손짓하면은,

나 하늘로 돌아가리라
아름다운 이 세상 소풍 끝내는 날,
가서, 아름다웠더라고 말하리라……

나 하늘로 돌아가리라
아름다운 이 세상 소풍 끝내는 날,
가서, 아름다웠더라고 말하리라……

이 시는 문학적으로 훌륭하기도 하지만, 매우 철학적인 시이기도
하다. 자크 루이 다비드의 그림인 「독배를 드는 소크라테스」를 연상
시킨다.

소크라테스(BC 469~399)의 제자 플라톤은 그의 저서 『파이돈』에
서 소크라테스의 마지막 순간을 글로 묘사하였다. 그리고 한참 시간
이 지난 1787년에 자크 루이 다비드는 그 순간을 미술 작품으로 남겼
다. 서양 미술사의 명작 중 하나로 꼽히는 그 그림이 보여주는 당대
현인賢人들의 모습이 자못 흥미롭다.

아테네 청년들을 타락시킨다는 죄목으로 사형 선고를 받고 독배
毒杯를 드는 소크라테스는 의외로 행복하고 유쾌한 모습이다. 반면
에 그러한 그의 모습을 바라보고 있는 플라톤을 포함한 여러 제자
들은 매우 슬퍼하고 비통해하고 있다. 무엇이 죽음을 앞둔 소크라테

스를 이렇게 두렵지 않게 만들었는가?

그것은 그가 신봉하고 있는 이원론二元論, dualism이다. 인간은 육체와 영혼으로 이루어져 있고, 육체와 영혼은 서로 다른 존재라고 생각하는 것이 이원론이다.

소크라테스는 육체적 죽음 후에도 자기의 영혼은 영원히 죽지 않을 것으로 굳게 믿고 있다. 그러므로 이 세상에 잠깐 소풍 왔다가 돌아간다고 생각하는 것이다.

그러니 유쾌한 표정일 수밖에 없다. 그러면 그의 제자들은 왜 비통해하고 있는가? 그의 제자들은 그렇지 않을 수도 있다고 생각하기 때문이다.

천상병 시인(1930~1993)은 1967년 동백림 간첩 사건으로 6개월간이나 옥고를 겪었고, 풀려나와서도 8개월간 정신병원에서 치료를 받아야만 했다. 후유증으로 행려병자가 되어 시립병원에 방치되기까지 하였다. 이와 같은 갖은 고초를 겪은 후 1970년 《창작과 비평》에 발표한 시가 「귀천」이다. 그는 독배를 마시는 소크라테스와 같은 생각을 가져서인지 그렇게 힘겨운 삶의 고초를 전혀 개의치 않았다. 그리고, 오히려 "이 세상 소풍 끝내는 날, 가서, 아름다웠더라고 말하리라"라고 노래한 것이다.

천상병 시인은 경제적으로도 매우 궁핍하였으나, 가난을 직업이라 생각하며 아무 욕심 없이 살다가, 1993년 4월 28일 병고를 이기지 못하고 그의 시구대로 이 세상 소풍을 끝냈다. 가난했지만 생전에 많은 인덕을 쌓은 그였기에 장례식 때 들어온 부의금도 상당액이었다고 한다. 시인의 장모는 부의금이 큰돈이라 사람 눈에 안 띄는 곳에 보관한다는 것이 아궁이 속에 보관하였는데, 이를 모른 시인의 아내가 아궁이에 불을 지펴 모두 태우고 말았다고 한다. 그가 돈과 인연이 없는 것은 하늘나라로 돌아가서도 마찬가지였다.

나 하늘로 돌아가리라

그는 하늘나라로 가리라고 하지 않고 돌아간다고 표현했다. 비록 육체는 죽음을 맞이하지만 영혼은 여전히 건재하여, 본래 살던 곳인 하늘나라로 다시 돌아간다는 믿음인 것이다. 이 세상은 잠시 육신과 함께 살았던 곳이고, 이제는 육신을 버리고 영혼이 되어 원래 고향인 하늘로 돌아간다는 것이다. 이러한 그의 믿음은 전형적인 이원론자二元論者의 철학이다.

반면에 일원론자一元論者들은 영혼의 존재를 부정한다. 예일대학의 셸리 케이건Shelly Kagan 교수는 인간은 다만 놀라운 물질적 존재이며 사랑, 미움 같은 감정을 갖고 있을 뿐이라고 한다. 그러므로 육체가 죽으면 모든 것이 끝이라고 믿고 있다.

하지만 죽음을 경험한 사람의 이야기는 아직 들어본 바가 없다. 영혼의 존재가 과학적으로 증명된 바 없으니 믿을 수 없다는 사람들도 있을 터이고, 반면에 죽으면 모든 것이 끝이라니 너무 섭섭하다고 생각하고 이원론을 믿고 싶다는 사람들도 많을 것이다. 우리가 쓰는 말에도 죽으면 저세상으로 간다고 하지 사라진다거나 없어진다고는 하지 않는다. 하여튼 이런 문제는 아직도 과학적으로 증명하지 못하고 있으니, 어디까지나 영혼의 존재에 대한 개개인의 믿음이나 인생관에 의해 판단할 수밖에 없는 일이다. 그러나 이 시를 조용히 암송해보면 영혼은 존재하며, 우리는 이 세상에 잠시 왔다 가는 것이고, 죽으면 다시 영혼의 나라로 돌아가는 것임을 상상하게 한다. 이 시는 독자에게 그러한 암시暗示를 주고 있다.

> 아름다운 이 세상 소풍 끝내는 날,
> 가서, 아름다웠더라고 말하리라……

이러한 시적 표현은 이원론자적인 철학적 배경 없이는 생각할 수 없는 발상이다. 천상병 시인과 철학자 소크라테스는 2천 년이 훨씬 넘는 시간적 차이가 있고 동양, 서양이라는 지역적인 차이가 있음에도, 소크라테스가 독배를 행복하고 유쾌하게 받아드는 것과 같이 천상병 시인도 죽음을 아름다운 이 세상 소풍 끝내는 날이라고 노래하고 있다. 그리고 한 걸음 더 나아가서 잠시의 삶이 아름다웠더라고까지 말하고 있다. 소크라테스와 천상병은 시공을 넘어 서로 통하는 바가 있는 것이다. 무엇이 이 두 사람을 서로 통하게 하였을까. 매우 흥미로운 일이 아닐 수 없다. 두 사람을 연결해주는 것은 영혼의 존재를 굳게 믿는 철학과 시문학詩文學의 만남이 아닌가 한다.

사람의 됨됨이인 인성人性과 인생관은 많은 과정을 거쳐서 형성된다. 가정 교육과 학교 교육을 받으며 만들어진 성품이나 인생관은 성인이 된 후에도 종교, 철학, 예술의 영향을 받으며 성숙된다. 그 중에서 짧고 간결하지만 사람의 마음에 강력한 메시지를 주는 것은 역시 시문학이 으뜸인 것 같다.

나 하늘로 돌아가리라
아름다운 이 세상 소풍 끝내는 날,
가서, 아름다웠더라고 말하리라……

이 시의 한 구절 한 구절은 강력한 메시지이며 가르침이다. 어떤 종교적 가르침이나 철학 이론이 이보다 쉽고 간결하게 그리고 강력하게 사람의 마음을 흔들 수 있겠는가! 이 시와 함께 걸으면 세상의 어떤 어려움도 이겨낼 수 있을 것이다.

꽃자리

구상

반갑고 고맙고 기쁘다
앉은 자리가 꽃자리니라
네가 시방 가시방석처럼 여기는
너의 앉은 그 자리가 바로 꽃자리니라

앉은 자리가 꽃자리니라
앉은 자리가 꽃자리니라
네가 시방 가시방석처럼 여기는
너의 앉은 그 자리가 바로 꽃자리니라

나는 내가 지은 감옥 속에 갇혀 있고
너는 네가 만든 쇠사슬에 매여 있고
그는 그가 엮은 동아줄에 묶여 있다

우리는 저마다
스스로의 굴레에서 벗어났을 때

그제사 세상이 바로 보이고
삶의 보람과 기쁨을 맛본다

앉은 자리가 꽃자리니라
네가 시방 가시방석처럼 여기는
너의 앉은 그 자리가 바로 꽃자리니라

네가 시방 가시방석처럼 여기는
너의 앉은 그 자리가 바로 꽃자리니라

　현대 철학자들은 철학에는 정답이 없다고 한다. 그러다 보니 세상
이 좋은 것인지 나쁜 것인지 모른다고 한다. 그러나 서양 철학자 전
헌 교수는 바로 이러한 점이 서양 철학의 한계라고 지적한다. 전헌
교수는 철학이란 세상이 좋은 것인가 나쁜 것인가를 묻고 그 답을
알아내는 것이라고 정의한다. 스스로 배워서 알아야 한다고 한다.
다시 말해서 철학의 정답은 세상은 좋은 곳이라는 것을 스스로 배
워서 알아가는 것이라고 명쾌히 답을 주고 있다. 이 점에 있어서 부
처, 공자, 소크라테스, 예수의 가르침이 모두 동일하다고 생각한다.
배워서 알게 되면 세상은 좋은 곳이라고.
　우리가 아직 공부가 부족해서 자기가 앉은 자리가 바로 꽃자리인
줄 모르고 있음을 시인은 꾸짖고 있다. 우리가 가시방석처럼 여기는
그 자리가 바로 꽃자리임을 모르고 있는 것을 시인은 안타까워하고
있는 것이다.

나는 내가 지은 감옥 속에 갇혀 있고
너는 네가 만든 쇠사슬에 매여 있고
그는 그가 엮은 동아줄에 묶여 있다

  어느 대기업에서 한창 바쁘게 일하던 때였다. 인사동 골목길 한식당에서 위의 시구를 처음 보았다. 액자에 표구되어 있는 상태도 아니고 그저 한옥 음식점 벽 한 귀퉁이에 붓으로 씌어 있었다. 그 내용이 감동적인 것을 넘어 너무나 충격적으로 다가와 동석했던 사람과 잠시 대화가 중단되었고 머리가 복잡해졌던 기억이 난다. 이 시는 곡마단의 좁은 천막 속에 갇힌 코끼리를 떠오르게 한다. 아프리카 초원을 누비고 다니는 야성野性이 가득한 코끼리가 곡마단 말뚝 주위를 벗어나지 못하는 것은 그를 옭매고 있는 고정관념 때문이다. 아기 코끼리 때부터 말뚝 부근에서만 움직이도록 훈육을 받으며 만들어진 생활습관이 코끼리의 야성과 자유를 옭아매는 쇠사슬이 된 것이다.

우리는 저마다
스스로의 굴레에서 벗어났을 때
그제사 세상이 바로 보이고
삶의 보람과 기쁨을 맛본다

우리는 뇌에서 처리하는 정보 중 극히 일부만 의식하고 나머지 대부분은 무의식으로 잠재하고 있다고 한다. 그렇기에 우리의 마음을 지배하는 큰 힘은 사실상 무의식인 셈이다.

우리는 스스로 만든 고정관념이 잠재의식이 되어 곡마단의 코끼리같이 살고 있는지 모른다. 이처럼 잠재된 고정관념은 우리의 마음과 행동을 지배하는 감옥이자 쇠사슬이 될 수도 있다.

어떻게 하면 무의식 속에 말뚝처럼 박힌 고정관념을 벗어날 수 있을까? 마음속에 잠재된 무의식은 자기암시自己暗示에 매우 약하다고 한다. 그러므로 자기암시를 효과적으로 함으로써 자기를 묶고 있는 고정관념이라는 쇠사슬에서 벗어날 수 있는 것이다.

통상의 자기 계발서와 달리 마음의 과학서科學書라고까지 할 수 있는 『신념의 마력』의 저자 C. M. 브리스톨은, 내 안에 잠재된 무의식에 효과적으로 암시를 보내는 요령을 다음과 같이 조언한다.

(1) 마음 속에 바라는 그림을 그리고
(2) 반복해서 기원하며
(3) 신념을 갖고 믿으라

인류역사상 큰 업적을 이룬 과학자, 예술가, 사업가, 정치가들은 마음의 과학을 이해하고 자기암시를 효과적으로 실천한 사람들이라고 한다.

긍정적인 자기암시를 반복하여 스스로 만든 굴레에서 벗어났을 때 그제야 세상이 바로 보이고 삶의 보람과 기쁨을 맛볼 수 있을 것이라고 시인은 가르쳐주고 있다. 어쩌면 이 시를 암송하는 것 자체도 훌륭한 자기암시가 될 수 있다. 많은 사람들에게 암송을 권하고 싶은 시이다.

바다 2

채호기

바다에 와서야
바다가 나를 보고 있음을 알았다.

하늘을 향해 열린 그
거대한 눈이 내 눈을 맞췄다.

눈을 보면 그
속을 알 수 있다고 했는데
바다는 읽을 수 없는
푸른 책이었다.

쉼없이 일렁이는
바다의 가슴에 엎드려
숨을 맞췄다.

바다를 떠나고 나서야

눈이
바다를 향해 열린 창임을 알았다.

—『수련』, 문학과지성사, 2002

바다에 와서야
바다가 나를 보고 있음을 알았다.

시인은 아마도 오랜만에 바다에 온 것 같다. 늘 바다를 보고 사는 사람은 어쩌다 한 번 바다에 오는 사람만큼 바다를 세밀하게 인식하지 못할 수도 있다. 오랜만에 바다에 온 시인은 쉼 없이 일렁이는 푸른 바다의 눈빛을 마주 보며 바다의 존재를 느끼고 바다가 시인을 반기고 있음을 알아차린다.

우리는 우리가 보고 싶은 것만 보는 경향이 있다. 예를 들어 안경을 사러 가는 날에는, 만나는 사람의 다른 무엇보다 그 사람의 안경이 먼저 눈에 들어온다. 운동화에 관심을 갖게 될 때는 운동화에 제일 먼저 눈이 간다. 필자의 사무실이 있는 건물 1층 출입구 바로 옆에 와인숍이 있다. 평소 출퇴근하는 길목에 있지만, 관심이 없으므로 와인을 살 때도 가까운 이곳을 두고 멀리 있는 다른 데서 사곤 한다. 마치 그 와인숍은 내게는 존재하지 않는 것 같은 느낌이다.

현대 과학사에 유명한 논쟁이 있다. 천재 물리학자 알베르트 아인슈타인과 닐스 보어 간의 논쟁이다. 1927년 10월 제5회 솔베이 학술대회에서 아인슈타인은, 보어를 중심으로 한 당시의 신진 물리학자들이 숲에서 홀로 쓰러져 있는 나무를 아무도 관찰하지 못했다면 그 나무는 존재하지 않는 것과 같다고 주장하자, 이에 대해 반론을 제기하였다.

우리가 달을 바라보지 않는다고 해서 달이 그곳에 없다는 말인가? 누군가가 달을 바라보건 바라보지 않건 간에 달은 존재하는 것이라고 아인슈타인이 반론을 제기한 것이다. 이에 대해 보어는 달의 위치를 확인하는 유일한 방법은 누군가가 달을 바라봐야(관측) 한다는 것이라고 재차 주장하였다.

바다에 와서야
바다가 나를 보고 있음을 알았다.

이 시구를 보면 시인은 닐스 보어와 같은 생각을 하고 있음을 알 수 있다.

오래전 이야기다. 홍콩 은행가의 바다가 보이는 전망이 뛰어난 저택에 초대를 받았다. 집에서 바라보는 경치가 너무나 아름다워 찬사를 연발하자 그의 대답이 재미있었다. "이 경치는 손님 접대용입니다." 그도 처음에는 대단한 경치라고 탄복했지만, 지금은 별 느낌이 없다고 뒤이어 말했던 것으로 기억한다.

우리는 평소에 너무나 많은 것들을 무심히 지나친다. 바다에 와서야 바다가 자기를 보고 있음을 깨달은 시인처럼 지금 우리 주변의 소중한 것들의 가치를 잊고 살고 있는 것은 아닌지 생각해볼 필요가 있다. 우리는 소중한 것들을 당연한 것으로 생각하여, 눈여겨보지도 않고 무심히 넘기는 경우가 자주 있다.

늘 맞이하는 아침만 해도 그렇다. 새벽 동트는 태양의 찬란한 햇빛, 침대에서 일어나는 몸의 건강, 어김없이 배달되는 신문과 우유, 아침 식사를 만들어주는 아내, 중동 지역 같은 테러가 없는 평화로운 출근길 등, 일일이 열거할 수 없을 정도로 많다. 모두 평소에 잊기 쉬운, 고맙고 감사해야 할 대상들이다.

지난주 처음으로 사무실 건물 1층에 있는 와인숍에서 와인 몇 병을 샀다. 같은 건물에 있다고 종업원들도 친절하게 대해주었고 특별 할인까지 받았다. 관심을 가진 결과라고 생각한다.

시인이여 시인이여

홍해리

말없이 살라는데 시는 써 무엇 하리
흘러가는 구름이나 바라다볼 일
산속에 숨어 사는 곧은 선비야
때 되면 산천초목 시를 토하듯
금결 같은 은결 같은 옥 같은 시를
붓 꺾어 가슴속에 새겨 두어라.

시 쓰는 일 부질없어 귀를 씻으면
바람소리 저 계곡에 시 읊는 소리
물소리 저 하늘에 시 읊는 소리
티없이 살라는데 시 써서 무엇 하리
이 가을엔 다 버리고 바람 따르자
이 저녁엔 물결 위에 마음 띄우자.

말없이 살라는데 시는 써 무엇 하리
흘러가는 구름이나 바라다볼 일
산속에 숨어 사는 곧은 선비야

'시인이여 시인이여'라는 제목부터 이색적이다. 시란 자연과 인생
에 대한 감흥, 사상들을 운율韻律에 맞춰 표현한 글이다. 사람들을 감
동시키고 삶을 성찰하게 하는 데는 성서나 불경 같은 경전, 두꺼운
철학책보다 때로는 짧은 시 한 수首가 보다 효과적일 수 있다. 그래
서 시인은 속세에서 멘토와 같은 역할을 하기도 한다.

자식이 셋 있어도 모두 기업가로 만들려고 하는 세태에, 시인은
세속에 물들지 않고 남과 다른 방법으로 세상을 살아가는 고귀한
사람이다. 성직자는 아니지만 독자들에게 우리가 사는 세상이 얼마
나 덧없는 것인가를 이야기하고 우주의 복음福音을 전한다. 철학자
는 아니지만 세상 사람들에게 우리는 무엇이며 세상을 어떻게 살아
가야 하는가를 제시하기도 한다.

시인 하면 먼저 떠오르는 이름들이 있다. 김소월, 조지훈, 박인환이다. 멋진 분들이다. 모두 짧은 인생을 살다 갔지만 주옥같은 시작詩作을 통하여 여느 성직자, 철학자 못지않게 많은 사람들에게 감동과 영향을 준 시인들이다.

때 되면 산천초목 시를 토하듯
금결 같은 은결 같은 옥 같은 시를
붓 꺾어 가슴속에 새겨 두어라.

아시아 국가 중에 한·중·일 세 나라는 모두 시를 사랑하는 문화국가이다. 세 나라 국민들은 모두 시를 사랑한다.

신년을 맞이한 감흥을 단시短詩인 하이쿠[俳句]로 짓는 일본의 방송 프로그램을 인상 깊게 본 기억이 난다. 또한, 중국의 지식인 사회에서는 한시가 매우 생활화되어 자기의 심경을 '시작'을 통해 상대방에 전하기도 하는데, 이 또한 멋지게 보인다.

우리나라도 많은 문화유산을 통해 시문학이 당시의 지식인들에게 생활화되어 있음을 알 수 있다. 좋은 경치를 산수화로만 남긴 것이 아니고 시로써도 남겼으며 벼슬을 하거나 낙향을 하는 등 인생에 큰 고비를 맞을 때도 그 심경을 시로 지어 남겼다. 그러나 현대에 이르러서 우리 사회는 이러한 옛 멋은 잊어버리고 너무 효율성만 중요시하고 있지 않은가 한다.

20~30년 전만 하여도 축시祝詩라는 것이 있어 어떤 기념행사에서 축하의 뜻을 담아 시를 낭독하는 순서가 있었으나 언제부터인가 사라지고 말았다. 또, 신년을 맞이하거나 가족의 특별한 기념일에 자작시自作詩를 낭독하거나 기념 팸플릿 등에 게재하기도 하였는데 요즈음은 보기가 어려운 일이 된 것 같아 아쉽기도 하다.

그만큼 시가 우리 일상생활에서 멀어지고 있다.

티 없이 살라는데 시 써서 무엇 하리
이 가을엔 다 버리고 바람 따르자
이 저녁엔 물결 위에 마음 띄우자

시인이 산속에 숨어 살고, 옥 같은 시를 가슴속에 새겨두기만 하고, 시 쓰는 일이 부질없어진다면 이 세상이 얼마나 메말라지겠는가. 그러나 걱정할 필요는 없을 것 같다. 시인이 시 쓰는 일이 부질없다고 절필하는 일은 없을 것이기 때문이다. 시인이 시를 쓰지 못한다면 스스로 얼마나 절망하겠는가.

말이 그렇지, 아무리 세상살이가 시 쓰기에 마땅치 않아도 시인은 금결 같은 은결 같은 옥 같은 시를 써서 세상 사람들에게 감동을 주고 희망도 주는 멘토 역할을 계속해줄 것이다.

그래서 시인은 일반 사람들과 다른 고귀한 업業을 가진 사람이다.

깃발

유치환

이것은 소리 없는 아우성
저 푸른 해원海原을 향하여 흔드는
영원한 노스탤지어의 손수건
순정은 물결같이 바람에 나부끼고
오로지 맑고 곧은 이념理念의 푯대 끝에
애수哀愁는 백로처럼 날개를 펴다
아아 누구던가?
이렇게 슬프고도 애달픈 마음을
맨 처음 공중에 달 줄을 안 그는

이것은 소리 없는 아우성
저 푸른 해원海原을 향하여 흔드는
영원한 노스탤지어의 손수건

시인은 깃발을 아우성, 손수건, 순정, 애수, 마음이라는 다양한 은유적 표현을 구사하여 노래하고 있다. 깃발은 이상향인 푸른 해원海原에 도달하려고 몸부림치지만 깃대에 묶여 있는 존재이므로 결국은 숙명적으로 좌절하고 만다. 이 시는 꿈속에 그리고 있는 이데아의 세계에 도달할 수 없는 우리들 삶의 모순을 노래하고 있다.

이해하기 쉬운 시는 아니다. 고등학교 국어 시간에 처음 접하고 그 뜻을 충분히 이해하지 못했던 기억이 난다. 그 후 수십 년이라는 세월이 지나 최근에 다시 이 시를 접하고 보니 이제야 그 뜻을 읽을 수 있을 것 같다.

이와 비슷한 경험이 또 하나 있다. 미국의 대표적인 극작가 아서 밀러의 「세일즈맨의 죽음」은 1949년 뉴욕 브로드웨이에서 공연된 연극이다. 잘나가던 세일즈맨 윌리는 두 아들이 실직하고 자기도 30여 년을 다니던 직장에서 젊은 사장에게 해고당한다. 결국, 보험금으로 아들의 사업 자금을 대주기 위해 자동차 사고로 자살하고 만다. 평소 인맥을 강조했던 그의 장례식에는 친구인 찰리 한 명만 참석한다. 그의 아내 린다는 "이제서야 우리는 빚도 다 갚고 자유로운데 이젠 집에 아무도 없어요." 하고 흐느낀다.

우리나라에서는 이 연극이 1960년대 초반에 공연되었다. 필자는 그 당시 고등학교 학생이었다. 이 연극을 보았으나 그리 감동받지 못하였다. 그 후 30여 년이 지난 후인 1990년대에 이 연극을 다시 볼 기회가 있었다. 이번에는 달랐다. 얼마나 윌리가 가여운지 공연 내내 여러 번 손수건 신세를 져야만 했다. 산업화 시대의 무한 경쟁과 빠른 사회 변화에 적응하지 못하여 결국은 낙오자가 되고 마는 한 가장의 비극은 산업화가 한창이던 당시의 우리 상황과 너무나 비슷하였고, 필자도 주인공 윌리의 심정을 이해할 만한 나이가 되었기 때문이다.

이와 같은 불쌍한 세일즈맨 윌리 이야기 역시 저 푸른 해원을 향하여 흔드는 영원한 노스탤지어의 손수건이라고 느껴진다.

순정은 물결같이 바람에 나부끼고
오로지 맑고 곧은 이념의 푯대 끝에
애수는 백로처럼 날개를 펴다

시인이 바라는 것, 즉 깃발이 추구하는 이상理想은 낭만적이고 순정스럽고 밝고 곧은 마음이다. 그렇지만 이런 마음만으로는 살아갈 수 없는 것이 우리가 살고 있는 이 세상이다.

정작 이 세상을 살아가고 있는 주인공들이지만 도달할 수 없는 이상과 냉엄한 현실 속에서 갈등하며 짧은 삶을 살아가고 있는 우리네 인생을 시인은 안타깝고 측은하게 바라보고 있다. 그래서 시인은 "애수는 백로처럼 날개를 펴다"라고 노래하고 있다.

아! 누구던가?
이렇게 슬프고도 애달픈 마음을
맨 처음 공중에 달 줄을 안 그는

수년 전 우리나라에서도 베스트셀러였던 『시크릿』은 호주의 방송 작가인 론다 번이 과학자, 철학자들과의 공동 작업으로 저술한 책이다. 원하는 바를 간절히 우주宇宙에 구하면 우주는 답을 준다고 한다. 단, 조건은 있다. 긍정적으로 생각하고 올바른 것을 원해야 한다고 한다. 금방 이해하기가 어려운 이야기지만 저자는 실제로 경험해보면 이해할 수 있다고 한다.

이와 같은 차원에서 바라본다면, 이상향인 저 푸른 해원에 도달하기를 간절히 원하는 깃발의 몸짓에 대해 언젠가는 우주가, 좀 쉽게 표현하면 하늘이 그 소원을 이루어주실 것이다.

그러므로 그런 마음을 공중에 달아놔야 한다. 비록 애수가 백로처럼 날개를 펴고, 마음이 슬퍼지고 애달프더라도, 누군가는 깃발을 공중에 달아놔야 하고 또한 그 깃발은 소리 없는 아우성으로 저 푸른 해원을 향하여 휘날려야 하는 이유가 바로 여기에 있는 것이다. 우리의 삶 역시 그러하리라고 시인은 넌지시 말해주고 있다.

세상에 가장 부자

김내식

텅 비운
마음이 가벼워져
새처럼 높이 날아 멀리 보며
세상에 부러운 게 없고
누구를 시기하거나
보기 싫거나
미운 사람이 없는 사람
그가 이 세상에서
가장 부자다

당신은
부자가 되고 싶지
않습니까,

그 방법은
외부에 있지 않고

마음속 어딘가 분명히 존재하며
두 눈을 지그시 감고
스스로 찾아내는
것입니다.

아주 쉽습니다
그런데 어렵습니다

부자의 정의를 국어사전에 찾아보면 '살림이 넉넉한 사람'이다. 문제는 어느 정도가 넉넉한 것인지 그 기준을 정하기가 쉽지 않다는 것이다. 그러나 그 기준을 조건부로 하면 융통성이 있게 된다. '원하는 것을 하고도 조금 남는 수준'이라고 하면 넉넉함에 대한 기준이 어느 정도 세워진다고 하겠다. 그래서 그 기준이 어떤 사람에게는 10이 될 수도 있고 또 다른 사람에게는 100이 될 수도 있는 것이다.

어느 투자 전문가에게 들은 이야기다. 재테크를 하는 사람들에게 얼마나 더 늘려야 만족하겠느냐고 설문조사를 하였는데, 대부분 자기가 가진 재산의 두 배가 되면 행복하겠다고 한다. 그러다 보니 크건 작건 간에 이와 같은 '재테크 함정'에 빠진 사람들이 만족이나 행복을 찾기는 매우 어렵다. 두 배 벌기란 너무나 어려운 일이고 대부분 원금을 잃거나 은행 금리보다 약간 높은 정도의 성과가 평균적이기 때문이다. 이러한 재테크의 함정에서 벗어나려면 기대치를 대폭 낮추고 '원하는 것을 하고도 조금 남는 수준'으로 재조정하는 것이 바람직하다.

다음은 '원하는 것을 하고도 조금 남는 수준'에서 '원하는 것을 하

고도'에 주목해보자. 사용하지 않고 잠자고 있는 재산 목록의 숫자
는 카운드 아웃count out 된다. 여기서는 스톡STOCK이 아닌 플로우
FLOW가 중요하다.

플로우FLOW는 무엇을 하는 행위이다. 요즈음 유행어로 말하면 버
킷리스트에 넣을 수 있는, 하고 싶은 것들이다. 예를 들면 어느 곳에
여행 가는 일, 친구에게 밥을 사는 일, 모임에 참여하여 봉사하는 일,
취미생활을 즐기는 일 등 무엇을 경험하는 일들이 그 대상이 된다.

반면에 사용하지 않고 있는 명품이나 잠자고 있는 재산 목록같이
소유만을 목적으로 하는 것들은 스톡STOCK의 개념이다. 이들은 버
킷리스트의 대상에서 제외된다.

　새처럼 높이 날아 멀리 보며

　세상에 부러운 게 없고

　누구를 시기하거나

　보기 싫거나

　미운 사람이 없는 사람

위의 시구절은 시인이 제시한 부자의 기준이다. 국어사전이 정의
한 부자의 모습과는 사뭇 다르다. 물질적인 면보다 정신적인 면에
방점을 둔 부자의 개념이다.

시인이 제시한 부자의 기준을 따라가기는 쉽지 않다. 종교인이나

철학자도 아니고 속세의 정글에서 피나는 경쟁을 하며 하루하루를 살아가는 생활인의 입장에서는 뜬구름 잡는 이야기다. 내 사업을 위해서, 내가 속한 조직을 위해서는 남과 경쟁도 해야 한다. 잘나가는 경쟁 대상을 부러워하면서도, 이를 극복하기 위해 냉철한 비교도 하고 전략도 세워야 하는 것이 현실이다.

두 눈을 지그시 감고
스스로 찾아내는
것입니다.

그러나 시인은 방법까지 제시하면서 외치고 있다. '당신은 부자가 되고 싶지 않습니까'라고. 시인은 그 방법은 자기 안에서 스스로 찾아야 한다고 말한다. 맞는 이야기다. 시인의 가르침대로 두 눈을 지그시 감고 스스로 찾아보자. 사람은 원래 무의식적으로도 남과 비교하게 되어 있다. 비교가 꼭 나쁜 것만은 아니며 현실적으로도 비교를 안 하고 살 수는 없다. 어떤 면에서는 남과의 비교와 경쟁이 인류가 오늘날까지 발전한 원동력의 하나가 된 것도 사실이다.

그러나 부작용이 있다. 남이 부럽고, 또 시기심이 나고, 보기 싫어지고, 미워지는 이유에는 여러 가지 복잡한 감정이 있겠으나 가장 큰 부분 중의 하나가 남과 비교하는 마음에서 비롯된다. 남과 비교하게 되는 순간 '원하는 것을 하고도 조금 남는 수준'이라는 부자의 기준도 흔들리게 되어, 지금까지 부자라고 생각하고 살아왔는데 갑자기 부자의 반열에서 탈락하고 만다.

그러하니, 무엇보다도 시도 때도 없이 남과 비교하려는 마음을 극복해야 한다. 그렇다고 모든 비교를 하지 말라는 이야기는 아니다. 공적인 일, 업무적인 일에 대해서는 두 눈을 똑바로 뜨고 객관적인 비교 평가를 해야 한다. 하지만, 자신에게 가장 소중한 것, 가족이나 명예나 건강에 대해서는 아예 두 눈 감고 남과 비교하지 않는 것이 현명하다. 그렇게 할 수 있다면, 시인이 바라는 바인 세상에 부러운 게 없고, 누구를 시기하거나 보기 싫거나 미운 사람이 없는 사람의 경지境地에 좀더 가까이 갈 수 있지 않을까 싶다.

프라이버시privacy는 서양에서 나온 말이다. 서양 사람들은 프라이버시를 매우 중요하게 생각한다. 자기의 건강, 가족, 명예 같은 사적인 영역에 대해서는 매우 엄격히 정보 관리를 하고 있다. 마찬가지로, 타인의 프라이버시에 대해서도 존중해주고 본인이 말하지 않으면 굳이 알려고 하지 않는다. 이는 쓸데없이 남과 비교하게 되는 피곤한 상태를 피할 수 있게 하는 사려 깊은 태도이다.

옛날하고는 많이 달라졌지만 우리 사회에는 아직도 남의 사생활에 대해 필요 이상의 관심을 두고 있는 경우가 더러 있다. 마치 그 사람과의 친밀도를 그의 사생활을 잘 알고 있는 것으로 착각하고 있다. 아주 가깝고 친밀한 사이라고 생각하지만, 그의 자식이 몇이고 직업이 무엇인지 모를 수도 있는 것이다.

시인은 묻습니다. "당신은 부자가 되고 싶지 않습니까?"라고.

프라이버시를 존중하며 남과 쓸데없는 비교를 하지 않도록 마음을 다스리고, 아울러 버킷리스트에 있는 '원하는 것'을 하고도 '조금 남는 살림'을 위해서 노력하겠다고 화답和答할 수 있지 않을까요.

우리가 물이 되어

강은교

우리가 물이 되어 만난다면
가문 어느 집에선들 좋아하지 않으랴.
우리가 키 큰 나무와 함께 서서
우르르 우르르 비 오는 소리로 흐른다면.
흐르고 흘러서 저물녘엔
저 혼자 깊어지는 강물에 누워
죽은 나무뿌리를 적시기도 한다면.
아아, 아직 처녀인
부끄러운 바다에 닿는다면.
그러나 지금 우리는
불로 만나려 한다.
벌써 숯이 된 뼈 하나가
세상에 불타는 것들을 쓰다듬고 있나니
만리 밖에서 기다리는 그대여
저 불 지난 뒤에
흐르는 물로 만나자.

푸시시 푸시시 불 꺼지는 소리로 말하면서
올 때는 인적 그친
넓고 깨끗한 하늘로 오라.

그러나 지금 우리는
불로 만나려 한다.

우리나라는 한恨의 사회였다. 서럽고 야속하고 원망스러워 속절 없이 한숨만 나오는 그런 사회였다. 그러나 봉건적 계급사회가 무너 지고 민주주의와 시장경제로 판板이 바뀌면서 달라지기 시작했다.

'하면 된다'와 '빨리빨리'로 대표되는 긍정과 적극의 힘으로 민주 화와 산업화를 동시에 성취하여 세계가 인정하고 부러워하는 나라 가 되었다. 그러나 불행히도 이것으로 끝이 아니었다. 세상은 너무 나 복잡하고 다양하다. 이제 우리 사회는 차츰 분노憤怒의 사회가 되 어가고 있다. 배는 불렀지만, 배가 아파지고 있는 것이다.

미국과 유럽을 비교 연구한 영국의 역사학자 니얼 퍼거슨Niall Ferguson의 주장은 흥미롭다. 그는 다음과 같이 분석한다. 미국인은 유럽 사람보다 대체로 불평등에 대하여 관대하다. 거기에는 특별한 이유가 있다. 미국인이 불평등을 참는 데는 미국 사회의 계층간 이 동성이 높다는 묵시적 환경이 있다고 그는 분석한다. 소위 아메리칸

드림이 큰 역할을 한 것이다.

그러나 최근에는 달라지고 있다. 최근 미국에서는 소득 하위 계층에서 소득 상위 계층으로의 상승이 어느 때보다 어려워졌다고 한다. 이런 변화가 세계 금융시장의 중심인 미국의 월 스트리트에서의 '월 스트리트를 점령하라'는 시민 데모(1%가 행복해지기 위해 99%가 불행해진다는 반反 월 스트리트 데모)로 이어진 것으로 볼 수 있다.

우리는 어떤가. 경제가 고도성장할 때는 계층 간 이동성도 높았다. 그러나 차츰 경제가 저성장기에 들어서자 이동성이 점점 낮아질 수밖에 없게 된 것이 현실이다. 그러다 보니 참고 있던 불평등 문제가 새삼 대두하고 점점 분노의 사회가 돼가고 있다. 참으로 어려운 국면을 맞이한 것이다.

성장과 제도 개선 속에서 슬기로운 솔루션solution을 찾을 수밖에 없을 것이다.

벌써 숯이 된 뼈 하나가
세상에 불타는 것들을 쓰다듬고 있나니

이 분노의 사회를 치유하는 데는 시간이 걸린다. 그렇다고 우리 자손들을 메마르고 공포스러운 분노의 사회에 그냥 놔둘 수 없지 않은가. 시인은 이제 성찰의 시간을 가져야 할 때가 되었음을 알려주고 있다.

만 리 밖에서 기다리는 그대여

저 불 지난 뒤에

흐르는 물로 만나자.

흐르고 흘러서 저물녘엔 죽은 나무의 뿌리를 적셔주는 물이 되어 만날 수 있기를, 시인은 노래하고 있다.

천문우주학자 이석영 교수는 이렇게 말하고 있다. 우주에는 1,000억 개의 은하가 있고 그중 하나가 우리 은하이다. 또한, 우리 은하에는 1,000억 개의 별이 있고 그중 하나가 태양계이다. 그러다 보니, 그 안에 있는 행성 중 하나인 지구에서 같은 시대를 살아가고 있는 66억 명의 지구인은 모두 서로 간에 특별한 존재가 아닐 수 없다.

이석영 교수는 "드넓은 우주에서 지구라는 같은 행성에서 태어나 당신과 함께 살아가는 것은 큰 기쁨입니다."라는 문자 메시지를 주변 사람들에게 보내기를 권유하고 있다.

참 멋있는 제안이다. 그러나 실제로 그런 문자를 보내기는 좀 쑥스럽기도 하다. 그렇다면 그런 마음을 담아, 강은교 시인의 명시 「우리가 물이 되어」를 대신 보내주는 것은 어떨까.

"만 리 밖에서 기다리는 그대여/ 저 불 지난 뒤에/ 흐르는 물로 만나자." 마음이 조금은 편해지지 않는지요.

귀에는 세상 것들이

이성복

귀에는 세상 것들이 가득하여
구르는 홍방울새 소리 못 듣겠네
아하, 못 듣겠네 자지러지는 저
홍방울새 소리 나는 못 듣겠네
귀에는 흐리고 흐린 날 개가 짖고
그가 가면서 팔로 노를 저어도
내 그를 부르지 못하네 내 그를
붙잡지 못하네 아하, 자지러지는 저
홍방울새 소리 나는 더 못 듣겠네

—『남해금산』, 문학과지성사, 1994

귀에는 세상 것들이 가득하여
구르는 홍방울새 소리 못 듣겠네

　시인이 듣고자 하는 구르는 듯 자지러지는 홍방울새 소리는 양심
의 소리이다. 좀더 고상하게 표현하면 영혼의 소리, 좀더 비약하면
우주의 소리이다.
　그런데 이 소리는 듣는 사람의 마음이 평안하고 고요해져야 비로
소 들리는 특성이 있다. 사는 데 스트레스가 너무 심하거나 욕심이
너무 과하면 들리지 않는다. 시인은 귀에 잡다한 세상 소음이 가득
차서 양심의 소리, 영혼의 소리, 우주의 소리를 듣지 못하고 있음을
탄식하고 있다.

내 그를 부르지 못하네
내 그를 붙잡지 못하네

　세상사에 휘둘려 살다 보면 얄팍한 잇속에 붙잡혀서 진실을 외면

74

하고 눈을 감게 되는 경우가 있다. 얼마나 잘 살려고, 얼마나 출세하려고 그러는지 홍방울새는 이해하기 어려울 것이다.

우리가 사는 세상은 왜 이렇게 힘들고 예측 가능하지 않고 정의가 패배하는 부조리한 사회인가? 홍방울새의 그 자지러지는 소리, 구르는 소리가 귀에 들어오지 않는 이유는 무엇인가? 왜, 우리는 다 알면서도 진실을 적극적으로 붙잡지 못하고 슬며시 주저앉고 마는가?

여러 가지 이유가 있겠지만 그중에서 가장 큰 영향을 주는 것 하나만 꼽는다면, 생각과 행동이 따로 움직이는 묘한 심리 때문이다. 심리학자 허태균 교수에 의하면 우리 사회는 선진국들과는 다르게 인지부조화심리認知不調和心理가 제대로 작동이 안 되고 있다고 한다. 사람의 마음에는 일관성 욕구need for consistency가 있어서, 자신이 생각하는 바와 다른 행동을 했을 때 불편함을 느끼게 된다.

그러나 한국 사회에서는 자기가 믿거나 생각하는 바와 일치하지 않는 행동을 해도 심리적으로 크게 불편해하지 않는다고 한다. 심지어 서슴없이 한다고 한다. 다시 말하면 인지부조화 이론Theory of Cognitive Dissonance이 먹히지 않는 혼탁한 사회가 돼가고 있다는 이야기다.

이러한 현상은 좋게 말하면 융통성, 소통의 원활이라고도 할 수 있겠지만, 반면에 무질서 무원칙이 판을 치고 요령주의와 부조리가 자라나는 온상溫床이 된다.

혼돈이나 무질서가 꼭 나쁜 것만은 아니다. 그러나 조건이 하나 있다. 혼돈이나 무질서 속에 질서가 내재되어 있어야 한다. 그럴 경우 창의적이고 역동적이 될 수 있다.

혼돈과 무질서에 내재된 질서가 바로 양심의 소리, 우주의 소리이다. 인지부조화심리가 작동이 안 돼서 이 소리를 외면하면, 정말로 혼탁한 세상, 부조리가 판을 치고 홍방울새 소리를 들을 여지가 없는 세상이 되고 마는 것이다.

세상에 선한 사람 악한 사람 다 있지만, 그것은 어디까지나 외부적인 평가이고, 우리 모두의 내면에는 홍방울새 소리, 양심의 소리, 우주의 소리 같은 마음이 잠재되어 있다고 생각한다.

이렇게 잠재된 마음을 살아나게 하여, 자기가 하는 행동이 마음속 깊은 곳에 자리잡고 있는 양심과 어긋나면 심리적으로 매우 불편을 느끼도록 분위기를 만들어주는 것이 예술가, 철학자, 종교인의 몫이 아닌가 한다.

우리 선조들이 남과 사이좋게 지내지만 자기의 중심과 원칙을 잃지 않는다는 화이부동和而不同의 선비 정신을 갖고 있었음을 생각하면, 우리 사회는 조금만 노력하면 인지부조화심리가 제대로 작동하는 사회가 될 것이라고 기대해본다.

그렇게 되면 시인의 귀에도 홍방울새의 자지러지는 소리를 들을 여지가 조금씩 생기지 않을까.

이 시의 맛은 암송했을 때 배가倍加된다. 리듬에 따라 구르는 듯한 감칠맛을 느낄 수 있을 것이다.

하늘

박두진

하늘이 내게로 온다
여릿여릿
머얼리서 온다

하늘은, 머얼리서 오는 하늘은,
호수처럼 푸르다
호수처럼 푸른 하늘에,
내가 안긴다 온몸이 안긴다

가슴으로 가슴으로
스미어드는 하늘,
향기로운 하늘의 호흡

따가운 별,
초가을 햇볕으로
목을 씻고
나는 하늘을 마신다

자꾸 목말라 마신다

마시는 하늘에 내가 익는다
능금처럼 내 마음이 익는다

하늘이 내게로 온다
여릿여릿
머얼리서 온다

하늘이 내게로 온다는 것은 조금 비약하면 우주가 나에게 오는 것
이다.

좀더 구체적으로 말하면 내가 우주와 교감交感하게 되었다는 뜻이
겠다. 누구나 갖고 있는 자기 고유의 주파수가 우주의 주파수와 맞
추어져서 서로 교감하는 상태가 되었다는 이야기이다.

통상의 일상생활에서는 느낄 수 없는 일이 벌어진 것이다. 그러면
과연 무슨 조화造化가 일어났는지 궁금하지 않을 수 없다. 시인은 그
답을 주고 있다.

하늘이 내게로 온다는 느낌으로 시작해서 내가 하늘에 안기고 또
하늘을 호흡하고, 하늘을 마시고, 종국에는 마시는 하늘에 내가 익
고 마는, 물같이 흐르는 시상詩想의 흐름이, 나와 하늘을, 나와 우주
를 일체화시켜주고 있기 때문이다.

꼭 바닷가나 숲속에서 가부좌를 틀고 하는 명상일 필요도 없다. 호모사피엔스만이 갖고 있는, 눈에 보이지 않는 것을 상상도 하고 믿을 수 있는 특권을 발휘하면 된다. 그저 어깨를 펴고 눈을 지그시 감고 이 시를 조용히 암송하는 것이다.

이러한 의식의 흐름은 자기최면自E健眼을 하기 위한 Self-Talk 기법과도 유사하다고 하겠다. 혼잣말로 반복해서 어떤 암시를 주면 신체는 무의식적으로 암시하는 대로 반응하게 된다. 다시 말하면 혼잣말이 뇌는 물론이고 몸속 세포에까지 전달된다는 이야기다.

미국의 양자생물학자 글렌 라인Glen Rein은 마음도 물리적 현상의 하나이고 미립자나 파장 같은 상태로 존재하고 있으며, 내 마음, 내가 한 말을 내 몸속 세포가 다 기억하고 있다고 한다. 그래서 평소에 갖고 있는 마음과 입에서 나오는 말이 중요하다.

필자의 한 친구의 경우를 예로 들어보겠다.

그는 평소에 아무 병도 없고 먹는 약도 없으며 건강하다고 스스럼없이 자랑을 하고, 꼭 마지막에는 이렇게 건강해도 70대를 넘어서는 살고 싶은 생각이 없다고 끝을 맺곤 하였다. 그러던 그가 얼마 전에 갑작스러운 질환으로 운명하여 주위의 많은 사람을 놀라고 슬프게 한 바 있다. 그의 나이 어느덧 70대 중반을 넘어서고 있었다. 이는 필시 그가 평소 한 말을 그의 몸속 세포가 기억하고 있었던 것이 아닌가 하는 추측을 하게 한다.

마시는 하늘에 내가 익는다
능금처럼 내 마음이 익는다

마침내 내가 하늘과 아니 우주와 일체가 되고 한몸이 되었다는 시인의 멋진 메타포이다.

"내가 익는다. 능금처럼 내 마음이 익는다"는 마음의 상태가 행복한 경지에 이른 것이다. 하루 일과 중에 이러한 마음 상태를 즐길 수 있다면 그는 행복한 사람이고 건강한 사람이라고 단언할 수 있겠다.

이 시를 집이나 사무실 어디든 조용한 곳에서 눈을 지그시 감고 암송해보세요. 당신의 마음속 어딘가에 숨어 있던 우주의 마음이 여릿여릿 나오기 시작하고 종국에는 능금처럼 마음이 익어지는 행복한 상태가 되는 것을 경험하게 될 것입니다. 이 시는 그런 process를 알려주는 역할을 하네요.

딸을 위한 시

마종하

한 시인이 어린 딸에게 말했다
착한 사람도, 공부 잘하는 사람도 다 말고
관찰을 잘하는 사람이 되라고,

겨울 창가의 양파는 어떻게 뿌리를 내리며
사람들은 언제 웃고, 언제 우는지를
오늘은 학교에 가서
도시락을 안 싸온 아이가 누구인지 살펴서
함께 나누어 먹으라고.

착한 사람도, 공부 잘하는 사람도 다 말고
관찰을 잘하는 사람이 되라고,

'딸을 위한 시'라는 제목만 보더라도, 이 시는 가장 사랑하는 사람에게 보내는 애정 어린, 조언이랄까 메시지이다. 시인의 메시지인지라 무언가 좀 특이하다.

부모들이 통상 하는 공부 열심히 하라는 충고가 아니고, 관찰을 잘하는 사람이 되라고 하는 신선한 메시지이다. 더 나아가 겨울 창가의 양파가 뿌리 내리는 것을 관찰하라는 구체성까지 포함하고 있다.

무릇 충고에는 신선함과 구체성이 내포되어야 상대방의 관심을 끌 수 있고, 효과를 기대할 수 있다. 이런 점에서 시인은 자기의 메시지를 효과적으로 전달하고 있다고 하겠다.

필자가 지금까지 길다면 긴 인생 항로를 살아오면서 받아온 감사한 충고와 가르침 중 몇 가지 경우를 소개함으로써, 이 멋진 시를 만난 기쁨을 독자 여러분들과 나누고자 한다.

첫 번째 경우는 필자가 고등학교 시절 이야기다. 어느 날 저녁 선친께서 약주를 하시고 귀가하여 부르시더니 "사람은 진실眞實해야 돼."를 몇 번이고 강조하신 적이 있었다. 더 자세한 언급은 안 하셨지만 그 당시 새로운 미디어인 TV, 영화가 서서히 활개치면서 연극계의 내로라하던 연극인들이 연극계를 떠나고 있었고, 선친께서는 모 일간지에 '춘희에 미친 아르망을 달래는 심정'이라는 글을 기고하신 바도 있었다.

당시 고등학교 학생이었지만 이런 상황을 그런대로 인지하고 있었으므로 더 긴 구체적인 설명이 필요없었고, 평소에도 공부 열심히 하라는 훈계의 말씀조차 들어본 기억이 없었던 터이라 "사람은 진실해야 돼." 하는 짧은 메시지가 필자에게는 신선하고 구체적으로 다가왔다.

두 번째 경우는 1960년대 대학 시절 이야기다.

그 당시 상경 계통 학생들에게 최고의 직장은 한국은행을 비롯한 금융기관이었고 공무원·공기업도 선망의 대상이었다.

아직 산업화를 하지 못한 농업 중심의 사회에서 상법상의 회사會社라는 존재는 매우 미약했었다. 필자의 주위에 회사 다니는 분은 전혀 없었다. 그런 상황에서 조동필趙東弼 교수님은 강의시 몇 번이고 산업 사회에 진입하게 되면 부가가치附加價値를 만드는 조직은 기업이 될 수밖에 없으니 금융기관이나 공기업보다 사기업私企業으로 나가라고 역설하셨다. 또 5개년 경제개발 계획이 있으니 어떤 업종에 가는 것이 좋겠다고 구체적으로 언급하셨다.

그 말씀이 필자에게는 그 당시의 상황을 뛰어넘는 미래를 바라보는 신선하고 구체적인 메시지로 받아들여졌고 필자의 진로 선택에 크게 도움이 되었다.

다음은 멘티들 이야기다. 필자는 CEO지식나눔(재)의 일원으로 한국장학재단과 협력하여 매년 멘토링을 하고 있다.

대여섯 명의 대학생 멘티들에게 물었다. 자네들 장차 사회에 나가 "갑甲이 되겠느냐 을乙이 되겠느냐" 물은 바 있다.

모두가 '갑'이 되겠다고 한다.

그래서 다시 물었다. 앞으로 "돈을 벌고 싶은가" 하고 물은 바, 모두가 돈을 벌고 싶다고 한다. 그런 멘티들에게 필자가 보다 더 발전하고 돈도 벌고 싶다면 을이 되거나 '을'의 자세로 살아야 한다고 하자, 그들은 의아한 표정을 지었다. '갑'은 좋은 학교 졸업장, 자격증, 또는 좋은 자리에서 나오는 힘에 의존하고 있으므로 연구하고 공부하는 것이 절실하지 않으나, 모든 것이 부족하고 아쉬운 '을'은 연구하고 공부하는 자세를 갖게 된다고 구체적인 설명을 이어가자 "아! 그렇습니까." 하고 모두들 그제야 이해하는 눈치였다.

그들의 표정을 보니 아무래도 필자의 메시지를 신선하고 구체적인 것으로 받아들이지 않은 듯싶다.

실제 생활에서 이와 같은 충고나 메시지를 경험하기가 그리 쉬운 일이 아니다. 학교를 졸업하고 사회인이 되어 생업에 얽매여 있을 때는 더욱 그러하다. 그러나 종교, 철학, 예술이 그 역할을 해줄 수 있다. 그중 으뜸이 시이다. 시와 함께 걸을 때, 시는 간결한 형태로 신선하고 구체적인 메시지를 준다. 몇 구절 예시例示해보겠다.

모든 순간이 다아/ 꽃봉오리인 것을,
아름다운 이 세상 소풍 끝내는 날,
말없이 재 넘는 초승달처럼/ 그렇게 가오리다/ 임께서 부르시
면……

참으로 신선하지 않습니까. 그리고 구체적으로 꽃봉오리, 소풍, 초승달 같은 시적詩的 매개체가 있어 이해하기도 쉽고 기억하기도 편하지 않습니까.
그래서 감동을 받고 교훈을 얻기도 하는가 봅니다.

내 마음은

김동명

내 마음은 호수湖水요
그대 노 저어 오오.
나는 그대의 흰 그림자를 안고
옥玉같이 그대의 뱃전에 부서지리다.

내 마음은 촛불이요
그대 저 문門을 닫아주오.
나는 그대의 비단 옷자락에 떨며, 고요히
최후最後의 한 방울도 남김없이 타오리다.

내 마음은 나그네요
그대 피리를 불어주오.
나는 달 아래 귀를 기울이며, 호젓이
나의 밤을 새이오리다.

내 마음은 낙엽落葉이요
잠깐 그대의 뜰에 머물게 하오.

이제 바람이 일면 나는 또 나그네같이, 외로이
그대를 떠나오리다.

내 마음은 호수요
그대 노 저어 오오.

조금은 교과서적이지만 너무나도 아름다운 시적詩的 표현이고, 문학적 창조가 아닐 수 없다. 구애求愛하는 마음을 품격 높게 노래하고 있다.

이 시는 내 마음을 호수, 촛불, 나그네, 낙엽으로 다양하게 비유하고 있다.

일정한 형식에 구애받지 않는 현대시이지만, 4개의 연聯에서 흐르는 시어詩語와 형식이 절제되어 있어 그 시적 운율韻律이 한층 돋보인다. 그래서인지 이 시에 작곡가 김동진이 곡曲을 붙인 가곡으로도 많은 사랑을 받고 있다.

그러하나, 필자의 생각은 좀 다르다. 이 시 고유의 비단결 같은 운율과 그 속에 흐르고 있는 기氣랄까 POWER는 시 그대로를 암송할 때 더 깊숙이 맛볼 수 있는 것 같다.

내 마음은 낙엽이요

잠깐 그대의 뜰에 머무르게 하오.

　이 시의 1연과 2연은 사랑의 열정을, 3연과 4연은 사랑의 무상함을 노래하고 있다. 시인은 '사랑의 열정熱情'을 기승전결起承轉結이라는 순환의 흐름에 넣어, 결국은 낙엽처럼 사라지는 정경情景을 마치 한 폭의 그림처럼 그려내고 있다.

　그러나, 백수를 넘기신 김형석 교수가 "100년을 살아보니"라는 강연에서 가르쳐주시는 '사랑의 일생'은 이 시와는 그 스팬span과 차원이 사뭇 다르다. 그는 20대 30대 사랑을 연정戀情이라 부르고 30대 후반부터의 사랑을 애정愛情이라 업그레이드하고 이를 성숙한 사랑이라 하였다. 그 후 70대를 넘는 사랑은 애정의 단계를 넘어 인간애人間愛라는 차원 높은 단계에 올려놓고 있다.

　실제로 100세(1920년생)를 넘어서도 건강히 활동적으로 살고 계시며, 많은 후학들로부터 존경과 사랑을 받고 계시는 인격자의 경험철학에서 나오는 말씀이라 더욱 공감이 간다.

　이 시에서 노래하는 '사랑의 열정'의 흐름은 아마도 김형석 교수의 기준으로는 20대, 30대의 사랑인 연정이 아닌가 한다. 그토록 그대의 뱃전에 부서지고 최후의 한 방울도 남김없이 타오르던 사랑의 열정이 낙엽이 되어 잠깐 그대의 뜰에 머무르다가 나그네같이 외로이 떠나고 마는 것이다.

이처럼 불같이 격렬한 사랑이고 짧은 사랑인 '연정의 일생'에 비하면, 연정을 성숙한 애정으로 발전시키고 종국에 가서는 인간애의 경지로까지 승화시키는 김형석 교수의 '사랑의 일생'이 너무나 멋지지 않습니까. 그러나 쉽지 않은 일이지요.

그렇지만 아름다운 이 세상 소풍 끝내는 날, 임께서 부르시면 말없이 재 넘는 초승달처럼 가겠다는 자세를 갖고 있다면 그리 어려운 일이 아니라고 생각한다. 그런 면에서 나이가 든 노년에 남녀 간의 연정이 사라지는 것을 너무 아쉬워할 일이 아니며 더더욱이 정력제 같은 것들을 복용하여 회복하려고 할 일이 아니라고 생각한다.
이는 대자연의 흐름을 역행하는 일이며, 본인의 건강에도 결코 좋은 일이 아닐 것이다. 차라리 젊은 날의 격렬한 '연정의 일생'을 노래하고 있는 이와 같은 시를 애송하며 가까이하는 것이 보다 격格 높은 처방이 아닐까요.

그대는 골방을 가졌는가

함석헌

그대는 골방을 가졌는가?
이 세상의 소리가 들리지 않는
이 세상의 냄새가 들어오지 않는
은밀한 골방을 그대는 가졌는가?

(중략)

님이 좋아하시는 골방
깊은 산도 아니요 거친 들도 아니요,
지붕 밑도 지하실도 아니요,
오직 그대 맘 은밀한 속에 있네.

그대 맘의 네 문 밀밀히 닫고
세상 소리와 냄새 다 끊어버린 후
맑은 등잔 하나 가만히 밝혀만 놓으면
극진하신 님의 꿀 같은 속삭임을 들을 수 있네.

이 세상의 소리가 들리지 않는
이 세상의 냄새가 들어오지 않는
은밀한 골방을 그대는 가졌는가?

서양 선진국의 웬만한 중산층 집에는 서재書齋가 대부분 있다. 그러나 우리 사회에서는 서재 하면 유명한 학자나 대 예술가 같은 격이 높은 사람이나 가질 수 있는 특별한 공간으로 인식되고 있다. 그러나 영어로 표현하면 이는 'Study'이다. 책 보는 독서실이나 공부방 정도의 공간인 것이다.

우리나라 가장들은 자식들 입시를 위한 공부방에 밀리고 주방 공간에 밀리고 또 별로 효용 있게 쓰지는 못하고 있는 거실에 밀려서 서재에 대한 욕구를 내세우지 못하고 있다. 그러다 보니 주택건설회사도 부엌을 넓게 한다든지 또는 파우더룸powder room을 화려하게 한다든지, 쇼룸show room같이 무엇을 잔뜩 전시하기 편리한 응접실에 더 치중하는 아파트 설계를 하고 있다.

이렇게 말하고 있는 필자 역시 수십 년간 직장생활을 하였으나 고위 임원이 되고서야 뒤늦게 서재의 필요성을 느끼게 되어 Study 공간을 마련하였다. 이 시에서 말하는 골방은 물론 물리적인 Study 공간을 의미하는 것은 아니다. 그러나 건축가들은 말하길 "사람이 건축물을 만들고, 그 건축물이 사람을 만든다"라고 한다.

일리가 있는 명언이다. 그렇다, 평범한 직장인이나 생활인은 우선 눈에 보이는 물리적 공간인 'Study'를 갖는 것이 이 시가 말하는 마음의 골방을 갖는 데 도움이 된다. 그러니 가장과 주부가 공용으로 쓰는 서재, Study는 좀 무리를 해서 마련해도 후회하지 않는 훌륭한 투자가 될 것이다.

세상 소리와 냄새 다 끊어버린 후
맑은 등잔 하나 가만히 밝혀만 놓으면
극진하신 님의 꿀 같은 속삭임을 들을 수 있네.

이 시에서 말하는, 극진하신 님의 속삭임은 우주의 마음이 아닐까 한다. 그 속삭임은 어느 때고 어디서나 들리지 않는다.

독일의 물리학자 슈만O. S. Schumann에 따르면, 지구에는 고유주파수가 있어 우주와 교감하여 우주 에너지를 받아들이며, 사람의 뇌파와도 공명한다고 한다. 이를 슈만공명Schumann Resonance이라고 부른다. 그러나 주위의 소음, 전자파, 희로애락과 칠정七情이 뇌파와의 공명을 방해하고 있다.

그러나 솔루션이 있다. 환경과 마음가짐을 달리하는 것이다. 세상 소리와 냄새를 다 끊고, 맑은 등잔 하나를 경건히 바라보며 명상을 하면 내 마음의 주파수가 우주의 주파수와 맞추어질 수 있다고 한다. 그러면 극진하신 님의 꿀 같은 속삭임을 들을 수 있다고 시인은 노래하고 있다.

그러나 현실과 부딪히며 치열하게 살고 있는 보통의 직장인, 생활인이 이러한 경지에 도달한다는 것은 지난至難한 일이다. 그렇다 하더라도, 환경과 마음가짐을 바꾸어 아파트 한구석, 산책길을 자기만의 골방으로 삼아 명상을 습관화한다면, 당장이야 극진하신 님의 속삭임을 듣기가 어렵겠지만, 힘들고 어려울 때 불현듯 육감, 직감으로 편지라도 보내주시지 않을까 한다.

좀더 효과적인 방법으로, 자기 맘에 드는 명시를 주위 사람이 눈치채지 못하게 공원이나 산책길에서 조용히 암송하며 자연과 밀착되어 숨 쉬는 것 역시 이 시가 말하는 은밀한 골방에 앉아 있는 마음의 상태가 될 수 있다.

이렇듯 시인이 말하는 골방은 마음가짐의 심도深度에 따라 지붕 밑, 지하실이 아니라 요즘 유행어인 가상假想 공간에도 얼마든지 만들 수 있다는 이야기이다.

그대는 골방을 가졌는가?

단 한 번의 사랑

김용택

이 세상에
나만 아는 숲이 있습니다.
꽃이 피고
눈 내리고 바람이 불어
차곡차곡 솔잎 쌓인
고요한 그 길에서
오래 이룬
단 하나
단 한 번의 사랑
당신은 내게
그런
사랑입니다.

차곡차곡 솔잎 쌓인
고요한 그 길에서
오래 이룬
단 하나
단 한 번의 사랑

숲길에서 오래 이룬 사랑이라면 아마 첫 만남도 숲길이었을 것이다. 인간관계에 있어 중요한 것 중 하나가 처음 만났을 때의 인상이다. 상대방을 어디서 처음 만났느냐 하는 것이 첫인상에 상당한 영향을 주게 되는데, 특히 남녀 관계에서는 더욱 그러하다.

숲길에서 처음 만난 사랑, 그것도 나만이 아는 숲길에서 만나 오래 이룬 사랑이라면 더할 나위 없겠다. 하지만 이런 낭만적인 장면을 현실에서 경험하기는 어렵다. 도시화율이 이미 90%를 넘어선 사회에서, 나만 아는 숲길에서 그러한 사랑을 이룬다는 것은 어려운 일이다.

그렇지만 마음속에서는 얼마든지 상상이 가능하다.

숲길이란 단어가 나오면 자연히 걷는 동작이 연상된다. 걷는 것은 운동이라기보다는 힐링이라고 말하고 싶다. 우리는 너무나 각박한 경쟁 사회 속에 살고 있다. 자살률이 OECD 국가 중 제일 높다고 하는 것이 이런 상황을 말해주고 있다.

이처럼 각박하고 치열한 경쟁 사회 속에서 살아가기 위해서는 힐링이 절대적으로 필요하다. 힐링에는 종교, 명상, 독서, 예술 감상 등 여러 가지 방법이 있겠지만 걷기가 제일 효과적이라고 생각한다.

그래서인지 지금 우리 사회에 걷기 열풍이 불고 있다. 제주도 올레길에서 시작한 걷기 열풍으로 지리산 둘레길, 북한산 둘레길 등 비슷한 길들이 많이 생기고 있다. 매우 바람직한 일이다.

걷는 데도 과학이 필요하다. 그냥 걸어서는 효과가 떨어진다. 트레드밀 위에서 걷는 것은 효과가 반감된다. 그보다는 햇빛을 받는 야외에서 신선한 공기를 마시며 걷는 것이 효과적이다. 요즈음 유행하는 피부 관리에는 나쁠지 몰라도 되도록 햇빛을 많이 받으며 낮시간에 걷는 것이 바람직하다.

모자도 벗고 걷는 것이 좋다. 전두엽이 이마 부위에 있으므로 가급적 이마가 햇빛을 많이 받게 하는 것이 햇빛의 기氣를 몸과 마음에 불어넣는 데 효과적이기 때문이다.

숲길 산책은 봄, 여름, 가을, 겨울 나름의 특징과 매력이 있다.

비가 오면 비를 맞으며, 눈이 오면 눈을 맞으며 걷는 것도 괜찮다. 그러면 내 몸이 자연과 더 가까이 밀착되어 마음도 대자연의 높은 의식 수준에 동화되기가 한결 쉬워진다.

사는 게 힘들고 세상사 마음대로 풀리지 않을 때도 걸으면서 고민하고 생각하면, 대자연의 도움을 받아 긍정적이고 발전적인 방향으로 마음을 추스를 수 있게 된다.

실제로 나뭇잎 사이로 반짝이는 햇살을 받으며 걷다 보면, 내가 사는 이 지구가 너무나 아름답고, 살아 있는 것만으로도 축복이라는 마음이 슬며시 생긴다.

설사 '단 한 번의 사랑'의 대상이 없다고 하더라도 아쉬워할 필요 없다. 이 시를 마음속으로 조용히 암송하면서 숲길을 걷고 있으면 나에게도 그런 사랑이 있고 그 가상假想의 사랑이 바로 내 옆에 있는 것 같은 환상幻想에 빠지게 된다. 그러면 가슴이 뜨거워지고, 몸속의 기氣가 분출하는 느낌이 든다. 이것이 바로 이 시가 갖고 있는 POWER이고 현대인이 찾고 있는 힐링이 아닌가 한다.

실제로 이 시를 암송하면서 걸어보자. 시와 함께 걷는 것이야말로 최상의 힐링임을 경험하게 될 것이다.

감사 예찬

이해인

감사만이
꽃길입니다

누구도 다치지 않고
걸어가는
향기 나는 길입니다

감사만이
보석입니다

슬프고 힘들 때도
감사할 수 있으면
삶은 어느 순간
보석으로 빛납니다

감사만이

기도입니다

기도 한 줄 외우지 못해도
그저
고맙다 고맙다
되풀이하다 보면

어느 날
삶 자체가
기도의 강으로 흘러
가만히 눈물 흘리는 자신을
보며 감동하게 됩니다

감사만이
꽃길입니다

누구도 다치지 않고
걸어가는
향기 나는 길입니다

과학자들은 세상에 제일 빠른 것이 빛이라고 한다. 빛의 속도는
초속 300,000㎞이다. 이러한 빛의 속도보다 더 빠르게 상대방에게
전달되는 것이 바로 감사의 마음이다.

감사의 마음을 가질 때는 굳이 그 사실을 말로써, 글로써 전달하
지 않아도 눈빛, 얼굴 표정, 몸의 자세로서 즉시 상대방에게 배달된
다. 그야말로 특급 선물이다.

그럼에도 상대방과 더 좋은 관계를 위해서 기꺼이 감사의 마음을
전하는 것이 바람직하다.

그러나 세상에는 감사할 일이 있음에도 감사의 마음을 전혀 드러

내지 않는 좀 특별한 부류의 사람들도 있다. 자기에게는 너무나 당연한 일이라고 생각해서인지, 도움을 받게 된 처지가 자존심이 상해서 그런지, 또는 나중에 보답해야 하는 것이 부담돼서 그러는 것인지 잘 모르겠다.

글쎄요, 너무나 무엇을 모르는 사람이 아닌가요. 그러한 사람은 이해인 시인이 노래하는 꽃길과 향기 나는 길, 보석 같은 길을 외면하는 측은한 사람이 되고 마는 것이지요.

슬프고 힘들 때도
감사할 수 있으면
삶은 어느 순간
보석으로 빛납니다

『시크릿』의 저자 론다 번Rhonda Byrne은 무엇을 창조하거나 원하는 것을 얻으려면 먼저 감사해야 한다고 말한다. 원하는 일이 이루어지기 전에 먼저 감사하는 것이 효과적이고 또 지금 가진 것에 감사해야 더 좋은 것을 가질 수 있다고 한다. 이는 감사의 효과를 말해주는 대목이다.

맞는 이야기 같다. 삶이 슬프고 힘들 때도 평소에 인식하지 못하고 있던 작은 일에서도, 감사해야 할 일들을 스스로 발견하고 감사의 마음을 가지면 좋은 일이 생기고 어려운 일도 술술 풀릴 것이라고 한다. 감사는 이렇게 강력한 힘을 갖고 있는 마법의 선물이라는 이야기다.

감사와는 성격이 다르지만, 우리네 인생살이에 있어 감사의 마음 못지않게 강력한 힘을 갖고 있는 특별한 마음이랄까, 감정이 있다. 바로 자기의 잘못을 인정하는 마음이다.

필자가 어느 대기업에서 일할 때 사석에서 이양섭 사장으로부터 "회사 생활을 하면서 일이 잘되었을 때는 상사에게 보고를 서두를 필요가 없지만, 일이 잘못되었을 때는 빨리 보고하는 것이 좋다"는 말씀을 들었다.

필자는 매우 감사한 충고라고 생각하고 그 후 오랜 기간 회사 생활을 하면서 하나의 원칙으로 삼고 지켜왔다.

용기가 안 나서 미적거리거나 숨긴다고 해도 그것은 잠시일 뿐, 경쟁자가 상사에게 먼저 정보를 흘리는 등 어떤 경로를 통해서든 상사는 결국 일이 잘못 처리되었음을 인지하게 된다. 그러면 일이 그렇게 될 수밖에 없었던 상황 설명의 기회도 놓치게 될뿐더러 무엇보다 상사의 신뢰를 잃을 수 있다.

필자는 대학생들을 멘토링할 때, "자기가 책임지던 일이 잘못되었을 때는 조속히 상사에게 제일 먼저 보고해야 한다"고 말하며 이를 직장생활 처신 요령의 제일 순위로 이야기해주고 있다.

자기의 잘못이나 실수를 인정하는 것은 문명사회를 살아가는 기본 교양이다. 데일 카네기는 더 나아가 자신의 잘못을 알릴 때, 자신의 잘못이나 실수로 상대방이 입었을 피해를 사실보다 좀더 과장하여 표현하며 사과할 것을 어드바이스하고 있다.

인간관계라는 것은 매우 센시티브하고 섬세하기 때문에 이러한 의도적인 약간의 과장도 지나친 것으로 생각되지 않는다.

필자가 오랜 기간 회사 생활과 사회생활을 하면서 참 측은하게 생각하는 타입의 사람들이 있다. 감사할 줄 모르고 자신의 잘못을 절대로 인정하지 못하는 사람이다. 자신이 아무리 숨기려 하고, 인정하지 않으려고 하여도 세상은 이미 다 알고 있다는 것을 모르고 있는 사람들이다.

조금만 생각을 바꾸고 마음을 열면 모든 것이 바뀐다. 감사의 마음을 전하거나 잘못을 인정하고 나면 마음이 편안해지고 후련한 기분까지 경험할 수 있다. 그러면 자신의 인격과 가치도 빛을 발휘할 텐데…….

누구나 자기 나름대로 사람을 평가하는 기준을 갖고 있을 것이다. 필자의 경우는 감사할 줄 알고, 자기의 잘못을 인정할 수 있는지를 최우선으로 생각하고 있다.

우리는 지금 이해인 시인의 「감사 예찬」의 마음이 정말로 필요한 세상에 살고 있다. 그의 시구詩句대로 매사에 감사하고 또 감사하고 그저 고맙다 고맙다를 되풀이하고 자기의 잘못이나 실수를 겸허하게 인정하면 삶이 엄청나게 바뀌고 스스로 그 결과에 대해서 감동하게 될 것임을 시인은 가르쳐주고 있다.

오늘

구상

오늘도 신비의 샘인 하루를 맞는다

이 하루는 저 강물의 한 방울이
어느 산골짝 옹달샘에 이어져 있고
아득한 푸른 바다에 이어져 있듯
과거와 미래와 현재가 하나이다.

이렇듯 나의 오늘은 영원 속에 이어져
바로 시방 나는 그 영원을 살고 있다.

그래서 나는 죽고 나서부터가 아니라
오늘서부터 영원을 살아야 하고
영원에 합당한 삶을 살아야 한다.

마음이 가난한 삶을 살아야 한다.
마음을 비운 삶을 살아야 한다.

오늘도 신비의 샘인 하루를 맞는다 _ 구상

오늘을 사랑하라, 어제의 미련을 버려라, 오지도 않은 내일을 걱정하지 말아라 _ 토머스 칼라일

그대가 헛되이 보낸 오늘은, 어제 죽어간 이들이 그토록 살고 싶었던 내일이었다 _ 랠프 월도 에머슨

이는 모두 오늘의 중요성을 강조하는 명언들이다.

아침 동틀 녘에 일어나 조간신문을 읽으며 오늘 누구를 만나며 또 어떤 일을 할 것인지를 잠시 생각한다. 만나서 전개될 일 등이 궁금하고 기대되기도 할 정도이다. 어느 큰 그룹의 창업자는 그의 자서전에서 하루하루를 맞이하는 것이 가슴 설레었다고 회고하였다. 그 정도는 되어야 오늘을 맞이하는 것이 신비스럽다고 말할 수 있을 것 같다. 그러나 시인은 마음을 가난하게 하고 마음을 비울 수 있다면, 무슨 큰 사업을 하거나 거창한 일을 하지 않아도 평범한 하루를 보내면서도 신비롭고 가슴 설레는 오늘을 경험할 수 있음을 알려주고 있다.

하루도 빠짐없이 떠오르는 태양, 새순이 돋는 나무들, 숲속을 걸을 때 보이는 찬란한 햇빛, 갓 돌 지난 아기의 첫걸음마, 모든 것이 어찌 신비스럽고 가슴 설레지 않겠는가. 시인은 바로 이러한 순간을 노래한 것이다. 오늘 하루는 신비스러운 선물이라고.

그래서 나는 죽고 나서부터가 아니라
오늘서부터 영원을 살아야 하고
영원에 합당한 삶을 살아야 한다.

신앙 에세이를 집필할 정도로 독실한 가톨릭 신자인 시인으로서 합당한 시구이다. 시인은 오늘서부터 영원의 일부를 사는 것이므로 좀더 진실하게, 영원한 삶에 어울리게 마음이 가난한 삶과 마음을 비운 삶을 살아야 한다고 말한다.

반면에 『죽음이란 무엇인가』의 저자인 예일대학 철학과 셸리 케이건Selly Kagan 교수는 영혼의 존재를 인정하지 않는다. 육체가 죽음을 맞이하면 모든 것이 끝나는 단 한 번뿐인 짧은 삶이고 영혼은 존재하지 않는다고 믿는다.

대부분의 사람은 죽음이 너무 일찍 찾아온다고 아쉬워한다. 하지만 셸리 케이건 교수는 영생이 좋은 것이라고 말할 수 없고, 영생은 축복이 아니라 저주에 가깝다고 생각한다. 미국의 작가 올슨 스콧 카드Orson Scott Card의 SF소설에서는 지구에 사는 인간만이 우주의 모든 생명체 중에서 유일하게 죽는 종種으로 나온다. 우주의 다른 생명체들은 죽을 수 있는 존재라는 이유로 인간을 부러워한다. 제한된 시간만이 가질 수 있는 소중한 삶의 가치를 오로지 인간만이 누릴 수 있기 때문이다.

셸리 케이건 교수는 이러한 삶의 희소성 때문에 우리 삶의 가치가 높아진다고 주장한다. 즉 영원한 삶이 아니라 제한된 삶이므로 더 소중하고 감사하다는 것이다.

흥미롭게도 영원한 삶을 부정하는 셸리 케이건 교수나 영원한 삶을 굳게 믿고 있는 구상 시인이나, 삶에 대한 태도에는 큰 차이가 없다.

영원에 합당한 삶을 살아가고, 삶의 기회를 부여받은 놀라운 행운을 감사히 생각한다면, 오늘 하루도 신비의 샘이 될 수 있음을 시인은 가르쳐주고 있다. 아침 산책길을 이 시와 함께하면 오늘 하루가 행복해질 것이다.

사랑하는
동안

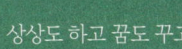

상상도 하고 꿈도 꾸고

어리석게 착각도 하면서

바보처럼 살아야

행복이 들어올 수 있는 공간이 만들어집니다.

사람이 풍경으로 피어나

정현종

사람이
풍경으로 피어날 때가 있다
앉아 있거나
차를 마시거나
잡담으로 시간에 이스트를 넣거나
그 어떤 때거나

사람이 풍경으로 피어날 때가 있다
그게 저 혼자 피는 풍경인지
내가 그리는 풍경인지
그건 잘 모르겠지만

사람이 풍경일 때처럼
행복한 때는 없다

사람이
풍경으로 피어날 때가 있다

사람마다 고유의 이미지가 있다. 누구누구, 하면 떠오르는 모습이
다. 이는 하루아침에 생긴 것이 아니고 오랫동안 그 사람과 교류한
경험의 결과치이다.

세상의 모든 사물은 나름 눈에 보이지 않는 고유의 전자파를 갖고
있고 그 파동이 내 생각, 또는 뇌파와 만났을 때 그 고유의 이미지가
떠오른다고 한다.

이러한 이미지가 이 험한 세상을 살아가는 생활인에게 꼭 아름다
운 모습일 수만은 없다. 때로는 보기 싫은 또는 찡그려지는, 얼른 지
워버리고 싶은 것들도 있을 수밖에 없다. 우리 생활인들은 온갖 세속
적 욕망과 희로애락의 감성에 휘둘려 있는 것이 현실이기 때문이다.

혹자는 항상 사랑의 마음을 가져야 한다고 한다. 그러나 종교인도
아니고 생활인으로서 마냥 사랑의 마음을 가지기는 어렵다.

그러나 방법은 있다. 대상을 객관화客觀化하여 바라보는 것이다.

아동심리학에서 하고 있는 유명한 샐리 앤 테스트Sally-Anne Test를 소개해보겠다.

아동 S와 A가 방에서 공놀이를 하고 있다. S가 공을 BOX 안에 넣고 먼저 방을 나간다. 다음 A는 BOX 안에 있는 공을 꺼내 Basket 속으로 넣고 나간다. S가 다시 방에 들어와서 공을 찾으려고 한다. 이 시점에서 이 세 장면을 처음부터 모두 보고 있던 제3의 아동에게 질문을 한다.

다시 방에 들어온 S가 BOX와 Basket 중 어디에서 공을 찾아보겠느냐 하는 질문이다. 만 4세 이상의 아동은 모두 BOX라고 옳은 답을 한다고 한다. 만 4세 이후에는 상대방의 관점에서 사물을 보는 관점전환perspective-taking이 가능하기 때문이다. 이는 호모사피엔스만이 갖고 있는 특권이기도 하다.

그렇지만 실상은, 정상적인 어른들조차 희로애락에 휘둘리며 살다 보면, 중요한 의사결정의 순간에도 자기가 만들어놓은 고정관념의 포로가 되어 관점을 전환하지 못하는 경우가 허다하다.

그러나 솔루션이 있다. 객관화하여 상대방이나 사물을 바라보는 것이다. 그러면 고정관념에서 벗어날 수 있고 자연히 관점도 전환된다.

"사람이 풍경으로 피어날 때가 있다."라는 시구를 이해할 수 있게 되는 것이다.

사람이 풍경일 때처럼
행복한 때는 없다

　상대방을 서너 발짝 뒤로 물러서서 그저 하나의 존재로서 객관화
하여 바라보면, 그 사람이 풍경처럼 그림처럼 보이게 되어 갈등 편
견 나쁜 경험 같은 감정이 사라져버리고 상대방이 안쓰럽다거나 괜
찮다는 마음이 슬며시 들게 된다. 그러다 보니 바라보는 자기 자신
마저 행복해지는 것이다.

　서양철학자 전헌 교수가 말하는 "다 좋은 세상"이라는 것을 이해
하게 된다. 그는 "우리가 공부가 부족해서 그렇지 온 세상이 버릴 일
하나도 없다. 다 좋은 세상임을 공부해서 아는 것이 철학의 소용所用
이다."라고 갈파하고 있다.

　쉬운 단어로 표현한 문장이지만 금방 이해하기가 상당히 어려운
내용이다.

　피카소, 김환기 같은 추상화가들도 사람이나 사물을 서너 발짝 뒤
에서 눈을 지그시 감고 객관화하여 바라보며 그 본질과 특징을 그
려내지요.

　미술작품을 감상하는 관람자들이 이러한 추상미술에 많은 관심
을 갖고 애호하게 되는 정서情緖 역시 "사람이 풍경일 때처럼 행복한
때는 없다"라는 시상詩想과 다를 것이 없다고 하겠다.

군더더기는 뺀 본질과 특징을 표현하고 있는 추상화를 바라볼 때 복잡다단複雜多端한 세속적인 감정이 사라지고 바라보고 있는 나도 사라져서, 마침내 내가 그 그림의 일부가 되고 공감하게 되어, 행복감이 슬며시 생기게 되는 것이지요.

다시 말하면, 이 시는 사람을 객관화하여 바라볼 때, 사람이 풍경으로 피어나, 나의 마음이 그 풍경과 공감하게 되어, 행복해진다는 시인의 창조적인 메타포라고 해석할 수 있지 않을까요.

꽃

김춘수

내가 그의 이름을 불러주기 전에는
그는 다만
하나의 몸짓에 지나지 않았다.

내가 그의 이름을 불러주었을 때
그는 나에게로 와서
꽃이 되었다.

내가 그의 이름을 불러준 것처럼
나의 이 빛깔과 향기에 알맞은
누가 나의 이름을 불러다오.
그에게로 가서 나도
그의 꽃이 되고 싶다.

우리들은 모두
무엇이 되고 싶다.

너는 나에게 나는 너에게
잊혀지지 않는 하나의 눈짓이 되고 싶다.

내가 그의 이름을 불러주었을 때
그는 나에게로 와서
꽃이 되었다.

　시인이 젊은 교사 시절, 마산고등학교 교무실에서 해 질 무렵 저
만치 무슨 꽃인가 두어 송이 유리컵에 담겨 있는 것을 인상 깊게 바
라보았다. 그러자 어둠이 밀려오는 분위기 속에서 꽃들의 빛깔이 더
욱 선명해졌다. 이런 일이 있은 지 하룻가 이틀 후에 '꽃'이란 제목의
이 시를 쓰게 되었다고 한다.
　이 시는 꽃을 소재로 하는 시이면서도 꽃의 아름다움을 예찬하는
심미적 의미보다 우리의 내면을 들여다보는 통찰력과 철학적 의미
를 내포하고 있다. 아무리 예쁜 꽃이라 해도 내 눈에 들어와서 관심
을 갖게 되었을 때 비로소 그 진가眞價가 발휘된다. 그 대상이 꼭 꽃
이 아니라도 마찬가지다.
　어떤 사람, 어떤 자리, 기회 등 우리가 인생 항로를 살아가면서 수
시로 만나는 대상이고 일들이다.

중국 고사故事도 백락일고伯樂-顧라는 말이 있다. 명마名馬도 백락을 만나야 세상에 알려진다는 뜻이다. 좋은 말을 팔려는 사람이 저 잣거리에 사흘 동안이나 말을 묶어놓았으나 아무도 거들떠보지 않자 백락에게 부탁하여 그가 말을 이리저리 관심 있게 돌아보고 가자 이 말이 명마名馬가 되어 높은 값에 즉시 팔렸다고 한다.

말하자면 김춘수 시인이 백락이 되어 교무실 구석진 곳 저만치에 이름도 기억 없는 두어 송이 꽃을 인상 깊게 쳐다보는 방식으로 이름을 불러주자 꽃들의 빛깔이 더 선명하고 아름답게 피어나 시인에게 다가와 그의 꽃이 되었다는 이야기이지요.

이런 일이 어찌 꽃에게만 일어나겠는가. 하나의 예를 더 들어보겠다. 이는 사람과 관련된 일화逸話이다. 오래전 80년대 이야기인데, 육군 소위로 병사들에게 수류탄 투척 훈련을 시키다가 한 부하 병사의 실수에 의해 오른쪽 손이 절단되어 전역을 한 젊은이의 이야기이다. 그는 필기시험 합격 후 번번이 면접에서 탈락했다.

끝내는 애경유지 면접 도중에도 그가 불구인 것을 알고 면접이 중단되어 면접장을 나왔으나, 이번에는 마음을 굳게 갖고 용기를 내어 다시 면접장에 들어가 자기가 불구가 된 원인이 전방에서 부하 병사의 큰 실수를 막으려다 일어난 사고로 인한 것이고 비록 오른손이 없으나 왼손으로 글을 쓸 수 있다면서 회사 일에 헌신하겠다는 포부를 당당하게 밝혔다.

면접장의 좌장이었던 장영신 회장이 이러한 그의 자세를 긍정적으로 평가하고 주저하는 다른 면접관들을 설득하여 그를 합격시켰다고 한다. 말하자면 장영신 회장이 백락이 되어 꽃의 이름을 불러준 것이다. 그의 진가를 알아본 것이다. 입사 후 그 젊은이는 영업 현장에서 고위 중역으로도 승진하여 회사에 큰 업적을 이루며 회사에 크게 보답하였다. 그가 조서환 아시아태평양마케팅포럼 회장이다.

나의 이 빛깔과 향기에 알맞은
누가 나의 이름을 불러다오.

남녀 간에 만남을 가질 때 어울리는 시구이나, 어느 때나 누구나가 갖고 있는 마음이기도 하다. 사람은 누구나 나를 알아달라고 하는 욕구를 지니고 있으며 자기를 알아주는 사람, 뜻이 통하는 사람을 갈구하고 있다.

관객 앞에서 쉬지 않고 그 많은 대사를 외우며 연기하는 연극인으로부터 흥미로운 이야기를 들었다. 어떻게 그 많은 대사를 소화하여 연기하는가를 묻자, 연습을 하며 그 역役에 한창 몰입하게 되면 어느 순간 그 극중 인물이 손을 불쑥 내밀고 악수를 청한다고 한다. 그에게 그의 꽃이 되었다는 신호를 보낸 것이다. 그다음부터는 그 인물의 대사가 술술 나와 좋은 연기를 할 수 있었다고 한다.

필자는 삼각산 인수봉을 너무나도 좋아한다. 날씨가 청명한 날이면 아침에 눈을 뜨자마자 만나는 대상이다. 그러기를 수십 년이다 보니 이제는 한식구처럼 되었다. 한때는 보다 좋은 곳으로 이사를 할 기회가 있었으나 그를 데리고 갈 수 없어 단념하기도 하였다.

이른 아침 인수봉을 바라보며 엄지손가락을 치켜드는 방식으로 그의 이름을 불러주면 그도 "좋은 아침" 하고 변함없이 격려의 메시지를 보내준다.

이렇듯 이 시는 이름을 불러줄 대상이 꽃으로 국한되는 것이 아니고, 어떤 기회, 사람, 자리 등 우리 생각이 미치는 모든 것으로 확장될 수 있음을 암시하고 있다. 그래서 이 시가 오랫동안 많은 사람의 사랑을 받고 있으며 김춘수 시인을 대표하는 명시가 되었다고 하겠다.

당신은 지금까지 얼마나 많은 이름을 불러주었는지요.

초원의 빛

윌리엄 워즈워스

한때는 그리도
찬란한 빛이었건만
이제는 속절없이
사라져버리고

초원의 빛이여
꽃의 영광이여
다시는 되돌려지지 않는다 해도
서러워 말지어다.
차라리 그 속 깊이 간직한
오묘한 힘을 찾으소서.

초원의 빛이여……
빛날 때 그대의 영광,
빛을 얻으소서.

Splendor in the grass

William Wordsworth

What though the radiance which was once so bright

Be now for ever taken from my sight,

Though nothing can bring back the hour

Of splendor in the grass, of glory in the flower

We will grieve not, rather find

Strength in what remains behind;

In the primal sympathy

Which having been must ever be;

In the soothing thoughts that spring

Out of human suffering;

In the faith that looks through death,

In years that bring the philosophic mind.

한때는 그리도
찬란한 빛이었건만
이제는 속절없이
사라져버리고

영국의 낭만파 시인이며 계관시인인 윌리엄 워즈워스(1770~1850)
의 이 시는 엘리아 카잔이 감독하고 나탈리 우드, 워렌 비티가 열연
을 한 할리우드 영화 <초원의 빛>으로 우리에게 더 친숙하게 알려
져 있다.

사실 모국어가 아닌 외국어로 쓰인 시를 제대로 이해하고 그 참맛
을 맛보기가 쉬운 일은 아니다. 번역을 제2의 창작이라고도 하듯이
영시英詩는 번역이 매우 중요하다.

이 시의 번역본도 여럿 있으나, 제일 필자의 마음에 드는 것은 번
역자가 누구인지는 알 수 없으나, 1960년대 서울에서 <초원의 빛>
영화가 상영될 때 사용된 번역본이다. 아마도 영화 수입업자가 프
로모션 활동의 하나로 번역자에게 이 어려운 영시를 이해하기 쉽게

126

번역하도록 주문하지 않았을까 추측한다.

<초원의 빛> 영화를 보지 못한 독자들을 위해 스토리를 요약해보겠다.

고등학교 졸업반인 버드는 디니와 당장 결혼하겠다고 선언하지만 아버지는 예일대학에 가서 졸업하고 난 후 결혼하라고 타이른다. 결국 버드는 아버지 말을 따르기로 하고, 디니도 "언제까지나 영원히 기다릴게." 하고 말한다.

모든 것이 순조롭게 지나가는 듯하다. 그러나 세상일은 알 수 없는 것. 방종한 버드 누나의 등장, 버드의 폐렴으로 인한 입원, 다른 여자와의 데이트 등으로 디니는 마음에 큰 상처를 입는다. 디니는 수업 중 윌리엄 워즈워스의 시 「초원의 빛」을 낭독하다가 선생님으로부터 그 시의 의미가 무엇이냐는 질문을 받는다. 그리고 "우리가 어른이 되었을 때에는 젊음의 이상理想을 잊어야 한다는 것이에요." 하며 뛰쳐나간다.

그 후 디니의 자살 시도와 정신병원 입원, 버드의 예일대학에서의 자포자기 학업태도, 웨이트리스와의 교제 등의 일들이 일어난다. 한편 디니는 정신병원에서 새로운 남자친구 존을 만나게 되고, 대공황과 버드 부친의 투신자살 등 모든 일이 숨 가쁘게 돌아간다. 그리고 마침내 디니는 퇴원하여 변두리 작은 농장에 정착한 버드를 만나게 된다. 버드는 이미 웨이트리스와 결혼한 상태였다. 디니가 묻는다. "행복하니?" "그런 거 같아, 넌 어때?"라고 버드가 되묻는다. "나는 다음 달에 결혼해, 그를 좋아하는 것 같아."

여기까지 이야기는 재미있고 통속적인 러브스토리이다. 그러나 영화 <초원의 빛>은 다르다. 이 스토리에 명시名詩 「초원의 빛」이 등장하기 때문이다. 그럼으로써 마지막 장면을 더욱 감동적이고 쿨cool하게 만들고 있다.

돌아오는 차 안에서 친구가 디니에게 묻는다. "아직도 그를 사랑하니?"

그 질문에 디니는 아무 대답을 안 하고 있고 윌리엄 워즈워스의 「초원의 빛」 시구만 조용히 들려온다.

다시는 되돌려지지 않는다 해도 서러워 말지어다.
차라리 그 속 깊이 간직한 오묘한 힘을 찾으소서.

얼마 전 대학생 멘티가 물었다.

"멘토님, 제가 지금 대학을 안 다니는 동네 처녀와 사귀고 있는데 잘 안 되고 있어요. 어떻게 하면 좋을까요?"

좋아하고 있느냐 물었더니 이런 대답이 돌아왔다. "네, 너무나요."

그러면 무엇을 걱정하느냐, 그냥 적극적으로 나서라, 이렇게 답을 해주었다. 그런데 그 후 몇 달이 지나도 아무런 언급을 안 하는 것으로 보아 잘된 것 같지 않은 기색이었다.

그렇다, 세상일이란 마음대로 안 되고, 또 알 수 없는 것이다. 되돌릴 수도 없고 서러워하여도 소용없다. 워즈워스의 시구대로 차라리 "그 속 깊이 간직한 오묘한 힘(Strength in what remains behind)"을 찾는 것이 현명하다.

이 시가 말하는 우리가 찾아야 할 '오묘奧妙한 힘'은 무엇일까? 이것이 이 시가 던지는 주제이기도 하다.

글쎄요. 참 어려운 질문이다. 각자의 인생관에 따라 다르겠지만 필자의 생각은 '내공內攻의 힘'이라고 말하고 싶다. 세상만사 마음대로 안 된다. 세상일 알 수도 없다. 그리고 후회하고 서러워한들 소용없는 일이다. 이처럼 예측불허하고 힘든 세상 살아가는 데 믿을 곳은 오직 한 가지, 내가 갖고 있는 '내공의 힘'이다.

필자 역시 지금까지 살아오면서 부족한 점이 많아 후회할 일이 많았으므로 그 경험을 토대로 평소 젊은 멘티들에게 이야기해주고 있는 '내공의 힘'에 대하여 감히 이야기해보겠다.

첫째, 무엇보다도 자세attitude가 중요하다.

① 긍정적인 자세를 가져야 한다. 요샛말로 흙수저, 금수저는 그 구분이 부모의 재산 상태나 사회적 지위에 따라 결정되는 구분이다. 인생 항로를 살아가는 데 있어 긍정적인 자세와 부정적인 자세의 차이는 흙수저, 금수저보다 훨씬 큰 차이를 보여준다.

② 그다음으로는 을乙의 자세를 가져야 한다. 멘티들에게 갑, 을 중 어느 쪽이 되겠느냐고 물으면 모두가 갑이 되겠다고 한다. 그러나 을乙로 살아야 한다. 갑甲은 단기간 열심히 하여 취득한 자격증,

명문 학교 졸업장, 좋은 직장의 직책에서 나오는 힘에 의존하고 있으므로 공부하는 것이 절실하지 않다. 반면에 모든 것이 부족하고 아쉬운 을은 항상 공부하고 연구하는 자세를 갖게 되므로 발전적이 되고 장기적으로는 갑을 능가하는 내공의 힘을 갖추게 될 확률이 높다.

③ 마지막으로 매사에 감사할 줄 알고 자신의 잘못을 인정할 줄 아는 자세가 더해진다면 금상첨화錦上添花일 것이다.

둘째, 사물의 본질을 볼 줄 아는 안목을 키워야 한다.

복잡한 문제에 당면했을 때, 겉으로 나타난 현상이나 지엽적인 면만 볼 게 아니라 그 내면에 흐르고 있는 본질을 파악할 줄 아는 것이 통찰력이고 '내공의 힘'이다. 이를 위해서는 본질을 볼 줄 아는 안목을 키워야 한다. 쉬운 일은 아니다. 아마도 일생 동안 공부해야 할 일이다.

셋째, 내 안에 존재하는 멘토의 도움이 필요하다.

내가 배운 지식뿐 아니라 전혀 공부한 적도 없는 슬기로운 지혜를 알려주는 멘토가 내 마음속에 있다. 그가 바로 무의식이고 내공의 힘을 튼튼하게 해준다. 의식적 판단은 편파적일 수 있으나 무의식의 도움을 받는 판단은 내가 아는 정보뿐 아니라 의식하지 못하고 있는 정보까지 활용하므로 종합적인 판단을 하게 한다. 무의식의 도움을 받는 요령은 김광섭 시인의 「마음」과 구상 시인의 「꽃자리」를 참고하면 좋을 것 같다.

영화 <초원의 빛>은 시나리오 작가 윌리엄 인지의 탁월한 스토리 전개, 나탈리 우드와 워렌 비티의 열연, 명감독 엘리아 카잔의 안목 있는 작품해석이 서로 어우러져서 명시 「초원의 빛」을 더욱 돋보이게 하고 세상에 널리 알리는 역할을 하였다고 하겠다.

풍경 달다

정호승

운주사 와불님을 뵙고
돌아오는 길에
그대 가슴의 처마끝에
풍경을 달고 돌아왔다
먼 데서 바람 불어와
풍경 소리 들리면
보고 싶은 내 마음이
찾아간 줄 알아라

그대 가슴의 처마끝에
풍경을 달고 돌아왔다

어느 날 퇴근길에 우연히 라디오에서 최성수의 "사랑하고 싶어요"라는 노래 가사를 들었다. 마침 노을 지는 태양 빛깔을 바라보며 한강 다리를 건너고 있을 때였다. 너무나 애절하게 사랑하는 마음을 갈구하고 있었다. 그 곡조와 가사가 어찌나 가슴을 저미게 하던지……

바로 이런 마음이 시인이 노래하는, 그토록 보고 싶은 님의 가슴의 처마끝에 풍경을 달고 돌아오는 심정이 아닐까 한다.

그다음 날 좀처럼 가지 않던 CD 가게에 가서 최성수의 노래이고 "사랑하고 싶어요"라는 가사만 알고 있다고 하자, 가게 주인은 노래 제목이 '동행'이라고 알려주었다. 물론 그 CD를 구입하였다.

사랑을 표시하는 멋진 캐릭터가 있지요. 사랑의 화살을 쏜다고 하지요. 상대방의 가슴에 사랑의 메신저인 화살을 배달한다는 표현이지요.

요즘 세상에는 좀 진부하게 느껴지겠지만, 하트 모양에 화살이 꽂히는 도안이 필자의 젊은 시절에는 흔히 볼 수 있는 캐릭터였다.

시인은 상대방을 향한 이러한 강렬한 사랑의 마음을 달리 표현하고 있다. '사랑의 화살'이 아니라 "그대 가슴의 처마끝에 풍경을 달고 돌아왔다"라고 점잖고도, 절제하는 멋있는 시구로 전달하고 있다. 이것이 바로 문학적 창조가 아니고 무엇이겠는가.

보고 싶은 내 마음이
찾아간 줄 알아라

텔레파시 이심전심以心傳心이란, 마음을 마음으로 전달한다는 뜻이지요.

누군가를 생각할 때 그로부터 전화가 걸려온다든가, 식사 테이블에서 이제는 끝났으면 하고 생각할 때 벌써 상대방은 자리를 들썩이고 시계를 보며 일어서려고 한다. 어두운 방에 들어갔을 때, 전혀 안 보여도 누군가가 있으면 인기척이 느껴진다. 이와 같이 꼭 말로, 글로 전달하지 않아도 마음 하나로 통하는 것으로써 이를 사람의 뇌 속에 있는 제3의 눈이라고 하는 송과체pineal gland의 역할이라고도 한다.

미시微示 세계를 탐구하는 양자물리학에서도 세포, 분자, 원자, 전자, 혼魂으로 쪼개진 극소極小한 분야는 과학적으로 명쾌하게 규명하지 못하고 있다. 신神의 영역이라고도 한다. 그래서 오감을 넘어선 육감六感, 직감直感, 이심전심은 신의 영역에서 움직이는 감정들이다. 그러다 보니, 과학적으로 증명할 수는 없지만 어느 순간 빛보다 빠르게 순식간에 상대방에게 전달되는 것이 텔레파시 이심전심, 육감, 직감이라고 하겠다.

시인은 이 시에서 바로 이런 영역에 있는 마음에 대하여 이야기하고 있다.

보고 싶은 마음, 사랑의 마음을 담은 풍경 소리는 이심전심으로 즉시 상대방에게 배달되는 것이지요. 그러니 뭐 꼭 가까이 있어야만 하는 것은 아닙니다. 멀리 있어도 다 보이고, 마음이 통하는 것이니까요.

시인은 이러한 완숙한 사랑의 마음을 노래하고 있다.

바위

유치환

내 죽으면 한 개 바위가 되리라
아예 애련愛憐에 물들지 않고
희로喜怒에 움직이지 않고
비와 바람에 깎이는 대로
억년億年 비정非情의 함묵緘默에
안으로 안으로만 채찍질하여
드디어 생명도 망각하고
흐르는 구름
머언 원뢰遠雷
꿈꾸어도 노래하지 않고
두 쪽으로 깨뜨려져도
소리하지 않는 바위가 되리라

내 죽으면 한 개 바위가 되리라

이 시는 희로애락과 애愛, 오惡, 욕欲이라는 칠정七情을 벗어나지 못하고 사는 우리네 인생살이에 대한 시인의 반항反抗이다.

시인은 현세에서는 이 굴레를 벗어날 수 없다는 것을 잘 알고 있다. 그래서 그는 저세상에 가서나마 다른 인생살이를 꿈꾸고 있다. 저세상에서는 꿈꾸어도 노래하지 않고, 두 쪽으로 깨져도 소리하지 않는 바위가 되기를 원하고 있다.

안으로 안으로만 채찍질하여 드디어 생명도 망각하고 있는 바위가 되어, 욕심과 환상과 유혹에서 벗어나 진정한 자유인自由人이 되기를 꿈꾸고 있다.

흐르는 구름
머언 원뢰遠雷

이 시구가 이 시의 품격을 높여주고 있다. 1행부터 7행까지 계속 바위의 속성에 대해서만 전개되던 시상의 흐름에 파격破格을 준 것이다.

"억년億年 비정의 함묵"을 지닌 딱딱한 이미지의 바위와 대비되는 구름과 원뢰의 가변적이고 유동적인 속성을 등장시킴으로써 서로 조화가 멋있게 되어 시의 격이 높아졌다.

바위 하면 떠오르는 것이 '점點'으로 유명한 이우환 화백의 작품이다. 한국 작가로는 처음으로 뉴욕 구겐하임미술관에서 회고전을 열었을 때, 가공하지 않은 자연 그대로의 바위를 공장에서 만든 철판과 조화시켜서 작품을 만들었다. 그의 작품은 자연 그대로의 바위가 딱딱하고 인공적인 철판과 같이 놓임으로써 바위가 상대적으로 부드럽고 자연 친화적으로 돋보이게 되어 철판과 묘한 대비를 이루었다는 찬사를 받았다.

유치환 시인이 단단하고 움직이지 않는 바위를 소프트한 구름, 변화무쌍한 원뢰遠雷와 조합한 것과 같은 효과를 내는 연출이라고 하겠다.

이우환 화백은 작품에 필요한 바위를 찾아 세계 곳곳을 다닌다. 그에 의하면 바위는 묘하게도 그 지역에 사는 사람들과 비슷하다고 한다. 미국 바위는 듬직한데 어벙하고, 일본 바위는 차돌같이 단단한데 숨이 막혀 있는 느낌이고, 우리나라 바위는 약간은 열려 있는 느낌이라고 한다.

원하는 모양을 만들기 위해 자연의 바위에 조금만 손을 대서 깎아도 갑자기 확 바뀌고 인위적으로 손을 댔다는 느낌이 확연히 나타난다고 한다. 재미있는 이야기다.

안으로 안으로만 채찍질하여
드디어 생명도 망각하고

시인은 우리가 학교에서 무생물이라고 배운 바위로부터 생명의 씨앗을 본 것 같다. 그래서 우리가 상식적으로 생명이 없다고 생각하는 무생물인 바위에 "드디어 생명도 망각하고"라며 생명체를 대하는 듯한 표현을 쓴 것이 매우 흥미롭다. 영국의 물리학자 데이비드 봄David Bohm은 만물을 생물과 무생물로 나누는 것은 무의미한 일이라고 했다. 무심하게 보이는 바위도 의식意識이 있으며, 고유의 주파수를 갖고 외부와 소극적으로라도 정보 교환을 하고 있다고 주장한다.

일리가 있다고 생각한다. 예를 들어 바위에 충격을 가하면 소리가 나고, 바위에 물을 주면 바위는 물을 머금고 있다. 페인트칠하면 그 칠이 바위 속에 침투되기도 하는 현상을 생각하면 바위도 주변 환경에 반응하는 의식 활동을 하고 있는 것으로 보인다.

그래서 정원에 물을 줄 때 꽃나무뿐 아니라 바위에도 물을 주는 것이 일리가 있다고 생각한다.

이우환 화백의 바위에 대한 생각, 즉 바위는 그 지역에 사는 사람들과 비슷하고, 조금만 손을 대도 확 변화한다는 느낌과, 유치환 시인의 "안으로 안으로만 채찍질하여/ 드디어 생명도 망각하고"라는 시구와, 데이비드 봄 교수가 바위도 의식을 갖고 있으며 고유의 주파수로 외부와 정보 교환을 하고 있다는 주장이 서로 연결되고 통하고 있는 것 같아, 재미있기도 하고 참으로 놀랍기도 하다.

가을의 기도

김현승

가을에는
기도하게 하소서
낙엽들이 지는 때를 기다려 내게 주신
겸허한 모국어로 나를 채우소서.

가을에는
사랑하게 하소서……
오직 한 사람을 택하게 하소서,
가장 아름다운 열매를 위하여 이 비옥한
시간을 가꾸게 하소서.

가을에는
호올로 있게 하소서……
나의 영혼,
굽이치는 바다와
백합의 골짜기를 지나,
마른 나뭇가지 위에 다다른 까마귀같이.

가을에는
기도하게 하소서

춘하추동 사계절의 변화는 우리에게 매우 익숙하다. 몸의 생체 리듬이 오랫동안 그런 변화에 맞추어져서 그러하겠지만, 보다 근원적으로 우리 몸속 DNA는 계절의 변화에 적응하도록 설계되었는지도 모른다.

봄과 여름은 확산의 계절이고 가을과 겨울은 수축의 계절이다. 특히 가을이 되면 확산일로의 곡선이 그 방향이 전환되는 변곡점에 다다르게 된다. 변곡점에 다다르면 생각은 좀더 깊어지기 마련이다. 자연히 느끼는 바가 생겨 지나간 일을 돌이키고 앞날에 대해서도 다시 한번 생각하게 된다. 그러다 보면 겸손해지고, 모든 것을 자기 혼자의 힘만으로는 할 수 없음을 깨닫고 절대자에게 의존하게 된다.

지구는 태양을 중심으로 초속 30km의 속도로 공전하면서 춘하추동 사계절을 만든다. 그러나 우리가 평소 느끼지 못하는 변화도 있다. 태양계는 북극성을 중심으로 공전하는데 공전 속도는 초속

217km이고, 공전 주기는 약 2억2,600만 년이다. 보통 사람들은 전혀 느끼지 못하는 회전이다. 최근의 온난화 현상 또한 이러한 태양계의 회전에 의한 영향이라고 해석하는 학자도 있다.

우리는 오직 태양계 내에서 지구의 공전에 따르는 변화 정도나 인지하고 있고, 이 넓은 우주가 어떻게 운행되고 있는지 전혀 모르는 채 살고 있다. 이러한 거시巨視 세계뿐 아니라 미시微視 세계도 마찬가지다. 우리는 자신의 몸속에서 무슨 일이 일어나고 있는지도 모르고 사는 존재이다. 내 신체를 구성하고 내 생명에 절대적 영향을 주는 약 90조 개의 세포가 무슨 생각을 하고 있고 어떻게 활동하고 있는지 모르고 살아가고 있다.

미국의 노화 연구자 레너드 헤이플릭Leonard Hayflick 박사에 의하면 우리 몸속에 있는 수많은 세포들은 어떤 정해진 횟수나 주기에 따라 분열한다고 한다. 고양이는 반복 분열 횟수가 8회, 말은 20회, 인간은 60회라고 한다. 이러한 변화 역시 우리는 전혀 느끼지 못하고 살고 있다.

그다음 중요한 것은 우리 몸속 장기 세포의 생명주기인데 평균 2년이며 머리카락은 5년이라고 한다. 그래서 인간 수명의 한계는 120세이고 머리카락은 300년까지라는 추론이 가능해진다. 그래서 생명과학자들은 세포분열 횟수를 늘리거나 생명주기를 늘리는 연구를 하고 있다고 한다.

최고의 과학 문명 속에서 사는 것 같지만 실제로 우리는 모르는 것이 너무나 많다. 특히 내 마음, 내 몸속에 있는 극미極微의 세계에 대해서는 너무나 무지하다. 우리의 마음과 생각에는, 그 정체는 확실히 모르겠으나 '어떤 힘'이 있어 춘하추동春夏秋冬, 생로병사生老病死, 기승전결起承轉結의 어느 변곡점에서 인지상정人之常情으로 기도하고 싶고, 사랑하고 싶고, 홀로 있고 싶어지게 되는 것 같다. 우리는 이와 같이 변화하는 마음을 그저 겸허하게 받아들여 이 시가 가르쳐주는 바와 같이 기도하고 사랑하고 홀로 사색하면 될 것이다.

김현승 시인은 이러한 '어떤 힘'과 사람의 마음을 잘 이해하고 있는 분임이 틀림없다. 그래서 그의 시 「가을의 기도」가 많은 사람의 사랑과 공감을 받고 있는 것 같다. 공감이 잘 되는 시는 암송하기도 쉽다. 우리의 마음이 잘 순응하도록 디자인되어 있기 때문이다.

이와 같은 명시를 암송하고 나면 자기도 모르게 이 시가 갖고 있는 높은 의식에 동화되어 의식 수준이 올라간다. 그렇게 되면 내가 끌어안고 있는 잘못된 욕망, 나도 모르게 삐뚤어진 마음, 좀처럼 나를 놔주지 않고 있는 욕심에서 벗어나게 된다. 이러한 것이 바로 시의 힘이고 우리가 시를 가까이해야 하는 이유일 것이다.

낙엽 지는 가을날 이 시와 함께 걸으면, 기도하고 싶고 사랑하고 싶고 또 홀로 사색하고 싶어질 것이다.

마음

김광섭

나의 마음은 고요한 물결
바람이 불어도 흔들리고
구름이 지나도 그림자 지는 곳

돌을 던지는 사람
고기를 낚는 사람
노래를 부르는 사람

이리하여 이 물가 외로운 밤이면
별은 고요히 물 위에 뜨고
숲은 말없이 물결을 재우나니

행여 백조가 오는 날
이 물가 어지러울까
나는 밤마다 꿈을 덮노라

나의 마음은 고요한 물결
바람이 불어도 흔들리고
구름이 지나도 그림자 지는 곳

사람의 마음은 근본적으로 변덕스럽고 외부의 변화에 매우 민감하다. 오죽하면 내 마음 나도 모르겠다는 말이 나오겠는가. 시인은 이러한 사람의 마음을 심리학자나 정신분석학자의 경지를 넘어서는 시적인 메타포를 통해 노래하고 있다.

지그문트 프로이트(1856~1939)가 인간의 마음에서 무의식의 존재를 발견한 것은 콜럼버스가 1492년 아메리카 신대륙을 발견한 이래 인류사 최대의 발견이라고 한다. 그는 사람의 마음을 빙산에 비유하여 물 위에 떠 있는 작은 부분이 의식conscious이고, 물속에 잠긴 몸체의 대부분이 무의식unconscious이라고 구분한다. 그러므로 수면 밑에 잠겨 있는 무의식을 이해하지 않고서는 나도 내 마음을 모를 수밖에 없다.

행여 백조가 오는 날
이 물가 어지러울까
나는 밤마다 꿈을 덮노라

프로이트에 의하면 사람의 정신 구조는 세속적 욕망을 추구하는 이드id, 윤리적·도덕적으로 완벽을 추구하는 초자아超自我, super ego, 그리고 이드와 초자아를 조절하면서 이성理性과 분별을 추구하는 자아自我, ego로 구성되어 있다고 한다. 내 마음속에는 서로 다른 성격의 세 사람이 있는 셈이다. 이것이 내 마음을 복잡하게 만든다.

시인은 백조(님)가 오시는 날, 욕망id을 추구하고 있는 사람들, 즉 돌을 던지는 사람, 고기를 낚는 사람, 노래를 부르는 사람들 때문에 '물가'가 어지러워질 것을 걱정하고 있다. 이 세상이 혼탁해지는 것을 걱정하고 있다. 그래서 시인은 자기 마음속에서 자아ego를 꺼내 이 혼탁한 세상을 밝게 하고자 하는 강한 의지를 보여주고 있다.

우리는 모든 것을 합리적으로 판단하여 의사결정을 한다고 생각하지만, 사실은 그렇지 못하다. 우리는 뇌에서 처리하는 정보 중 극히 일부만 의식하고 있고 나머지는 무의식으로 기억하고 있기 때문이다. 무의식에 축적된 정보는 바다처럼 넓다. 그러므로 중요한 의사결정을 할 때, 내 마음속 어디엔가 깊숙이 자리잡고 있는 무의식을 활용할 수 있다면 큰 도움이 될 것이다. 그 요령要領은 다음과 같다.

(1) 우선 관련된 정보를 수집하고 이에 대한 공부를 한다.

(2) 평정심을 갖고 잠시 현안과 관계없는 일에 시간을 보낸다.

(3) 숙면을 한다. 무의식이 활동할 수 있는 아주 좋은 시간이다.
Let me sleep on it.*

(4) 그다음 날 마음이 가는 방향을 고려하여 의사결정을 한다.

위와 같은 방법은 그리 어려운 것이 아니다. 습관화하면 후회할 확률을 줄일 수 있는 의사결정을 하는 데 도움이 될 것이다. 「마음」이라는 이 시가 독자들에게 드리는 작은 선물이 될 것이다.

* 늦은 저녁까지 진행되는 협상 현장에서 서양 사업가들이 "오늘밤 재우고 내일 결정하겠다."라고 습관처럼 말하는 문장이다.

풀꽃

나태주

자세히 보아야
예쁘다.

오래 보아야
사랑스럽다.

너도 그렇다.

자세히 보아야
예쁘다.

이 시는 교보문고 광화문 글판 시구 중에 최고의 인기를 얻은 나태주 시인의 대표작이다. 이 짧은 시 하나로 그는 스타덤에 올랐고, 풀꽃 시인으로 불리게 되었다. 시인이 초등학교 교장 시절, 미술 시간에 아이들을 격려한 말을 그대로 옮겨 쓴 것이었다고 한다.

풀꽃을 예쁘게 열심히 그리고 있는 어린아이들에게 해준 말이 한 편의 시가 되었다니, 참으로 멋있는 일입니다. 이런 일은 평소 시인의 가슴에 축적되어 있는 뜨거운 감성이 순진한 어린아이들의 마음을 맞이하면서 일어난 일이겠지요.

풀꽃은 집안 정원에 들여놓은 장미나 튤립같이 눈에 띄는 화려한 꽃은 아니다. 화단의 후미진 구석이나 들판에 피어 있는 이름 모르는 풀에 피는 꽃들이다. 그러다 보니 풀꽃은 멀리서 보면 눈에 들어

오지 않고 자세히 보아야 예쁘다.

사람의 경우는 좀 다르다. 공자는 논어論語에서 군자삼변君子三變이라고 했다. 군자는 세 번 변한다는 말이다. 멀리서 보면 엄숙한 모습이나, 가까이 대하면 따뜻한 사람이고, 말을 들어보면 합리적인 사람이 군자의 모습이라고 했다.

그러나 우리가 살고 있는 이 험한 세상에는 100미터 미인이 더 많은 것이 현실이다. 100미터 미인이란 멀리서 보면 그럴듯하지만 자세히 보면 예쁘기는커녕 실망하게 되는 사람을 말한다. 자세히 보아야 예쁜 풀꽃 같은 사람이 되기가 그리 쉽지 않다는 이야기다.

오래 보아야
사랑스럽다.

들판에 군락 지어 피어 있는 풀꽃, 또는 마당 한 모퉁이에 외로이 서 있는 풀꽃은 잠시 눈길을 주어서는 그냥 지나치게 된다. 그러나 오래 보고 있으면 사랑스러워진다.

사람의 경우는 좀 다르다. 필자가 결혼식 주례를 할 때 꼭 하는 말이 있다. 지중해 어느 나라에서는 자식이 바다에 나갈 때는 기도를 한 번 하고 전쟁터에 나갈 때는 두 번, 결혼 시킬 때는 기도를 세 번이나 한다고 한다. 그만큼 오래 보아야 사랑스럽기가 쉽지 않다는 이야기다.

너도 그렇다.

이 시의 하이라이트가 바로 이 구절이다. 풀꽃과는 달리 사람은
자세히 보아야 예쁘고, 오래 보아야 사랑스럽기가 쉽지 않은 것이
현실이다. 그럼에도 불구하고 시인은 과감히 "너도 그렇다"라는 촌
철살인寸鐵殺人이랄까, 신의 한 수 같은 시구로 독자를 감동시키고
위로해주고 있다.

광화문 글판의 많은 시들 중에서 「풀꽃」이 최고의 인기를 얻은 핵
심이 바로 이 구절에 있다. 시인은 광화문 거리를 지나다니는 많은
사람들을 이 짧은 시구 하나로 위로하고 그들의 갈증을 풀어주었다.
어떤 갈증인가 하면, 다름 아닌 남에게 인정받고 싶고, 사랑받고 싶
은 욕망이다. 이는 남녀노소를 불문하고 사람이 갖고 있는 원초적인
욕구일 것이다.

그는 어느 종교인, 철학자 못지않게 아니 훨씬 더 효과적으로 생
활에 지치고 힘든 독자들과 시민들의 마음을 이 짧은 시구 하나로
위로하고 어루만져준 것이다.

시인은 그의 저서에서, 이 시의 마지막 구절 "너도 그렇다"는 그의
영혼이 준 글귀이고 신이 주신 문장이었다고 토로한 바 있다.

정말로 명시의 한 구절이 탄생하는 순간이지요.

필자 역시 이 시구로 위로받지만 한편으로는 스스로 자문自問하기
도 한다. 내가 과연 자세히 보아서도 괜찮은 사람이고, 오래 보아서
도 괜찮은 사람인지를.

참나무 The oak

알프레드 로드 테니슨 Alfred Lord Tennyson

젊어서나, 늙어서나
저 참나무처럼
살아가라
봄철에는 영롱하게
생동하는 금金처럼

Live thy life,
young and old,
like yon oak,
bright in spring,
living good.

여름에는 풍성하게
그리고 가을이 되면
가을답게 변하여
취기醉氣에서 깨어난
해맑은 금金이 되라

Summer—rich,
then, and then,
autumn—changed,
soberer—hued
gold again.

모든 잎은 드디어
낙엽으로 지지만
보라! 늠름히 서 있는
줄기와 가지의
나력裸力을

All his leaves
fall'n at length.
Look! he stands,
trunk and bough
naked strength.

보라! 늠름히 서 있는
줄기와 가지의
나력을

젊은 날 풍성했던 잎이 세월이 흘러 다 떨어져도, 늠름히 서 있는
참나무 줄기와 가지의 나력裸力, naked strength에 시인은 존경과 감탄
을 표하고 있다. 꼭 참나무가 아니더라도 좋다. 눈, 비 오는 날 설악
산이나 지리산, 한라산 능선에 잎이 다 떨어졌으나 굵은 줄기와 가
지만으로 늠름히 서 있는, 수령이 백여 년이 넘을 것 같은 주목이나
구상나무에서 뿜어 나오는 기氣 역시 시인이 말하는 나력이라고 하
겠다.

영국의 계관시인 알프레드 테니슨 경은 그의 나이가 인생사를 달
관한 경지가 된 82세에 「참나무」를 세상에 내놓았다.

그로부터 백여 년이 훨씬 지난 후, 우리나라 경영학의 대가인 윤
석철 명예교수는 그의 저서 『삶의 정도』에서 이 시에 대하여 찬사
를 아끼지 아니하였다. 이 책에서도 그의 번역본을 사용하였다.

이처럼 오랜 시간이 지나도 잊히지 않고 더욱더 많은 사랑을 받는 그 매력이 바로 이 시가 가진 또 다른 의미의 나력이라 하겠다.

젊은 날의 아름다운 육체는 세월이 흐르면 언젠가는 벗어야 하는 옷이고, 서슬 퍼렇던 권력도 시간이 지나면 사라지는 옷이며, 어느 직책, 어느 자리에서 누리던 힘 역시 시간이 지나면 내려놓아야 한다. 그러나 내면의 힘을 키운 사람은 부와 권력을 내려놓고 자신의 자리를 떠날지라도 변함없이 때로는 더 많은 사람들로부터 존경을 받게 된다. 이것이 바로 시인이 노래하는 나력의 힘이다.

빌헬름 뢴트겐(1845~1923)은 X-ray를 세계 최초로 발견하여 의학계에 혁명을 일으켰다. 그는 그 공로로 1901년 최초로 노벨물리학상을 받았고 상금을 그가 봉직한 대학에 기증하였다. 어느 기업가가 특허권 출원을 권유했으나, X선은 신神이 만든 것이며 자기는 오직 신이 만든 X-ray를 발견했을 뿐이라고 거절하였다 한다. 만약 그가 특허권을 출원하였다면 우리가 뢴트겐이라고 부르는 X-ray 사용이 제한되었을 것이고, 그의 노년과 사후에 빛을 발휘하던 나력도 퇴색되고 지금 같은 추앙도 받지 못했을 것이다.

시대를 앞서가는 화법畵法으로 생전에는 그림 한 점 제값 받고 팔아보지 못한 채 고단한 삶을 살았지만, 사후에 많은 애호가의 열렬한 사랑을 받은 반 고흐, 폴 고갱, 박수근, 이중섭 같은 화가들 역시 시인이 말하는 나력을 소유한 사람들이다.

사람은 전반전보다 후반전에 강해야 행복하다. 그러나 현실은 그렇지 못하다.

세월이 흘러감에 따라 결국은 자리에서 물러나게 되어 있고 세대 교체가 되는 것이 자연스러운 흐름이다. 현직에서 물러나면 경제적으로나 육체적으로 약해진다. 반면 정신적인 면에서는, 오랜 세월 세상사와 씨름하며 쌓아놓은 경륜과 지혜를 갖고 있으므로 노년기는 오히려 어떻게 보면 인생의 프라임타임이 될 수 있다. 바로 그런 경륜과 지혜가 시인이 말하는 naked strength, 나력裸力인 것이다.

이러한 힘은 피부 관리나 잘하고, 머리에 물감 들이고, 비싼 옷 입고 다닌다고 생기는 것이 아니다. 유행 지난 양복에다가 어깨 힘은 빠지고, 얼굴에 주름이 지고 검은 점이 생겨나지만, 나름대로 전문분야에 일가견을 갖고 우리가 사는 세상을 위해서 조금이라도 보탬이 되겠다는 마음가짐으로 뚜벅뚜벅 걸어가는 사람의 뒷모습에서 볼 수 있는 아우라이다.

내가 사랑하는 사람

정호승

나는 그늘이 없는 사람을 사랑하지 않는다
나는 그늘을 사랑하지 않는 사람을 사랑하지 않는다
나는 한 그루 나무의 그늘이 된 사람을 사랑한다
햇빛도 그늘이 있어야 맑고 눈이 부시다
나무 그늘에 앉아
나뭇잎 사이로 반짝이는 햇살을 바라보면
세상은 그 얼마나 아름다운가
나는 눈물이 없는 사람을 사랑하지 않는다
나는 눈물을 사랑하지 않는 사람을 사랑하지 않는다
나는 한 방울 눈물이 된 사람을 사랑한다
기쁨도 눈물이 없으면 기쁨이 아니다
사랑도 눈물 없는 사랑이 어디 있는가
나무 그늘에 앉아
다른 사람의 눈물을 닦아주는 사람의 모습은
그 얼마나 고요한 아름다움인가

나뭇잎 사이로 반짝이는 햇살을 바라보면
세상은 그 얼마나 아름다운가

햇살, 햇빛은 우리의 몸과 마음을 만들어주는 기본 양식糧食이다.
반짝이는 햇살에는 정보 에너지, 생명 에너지가 가득하다. 그래서
햇빛, 햇살을 가까이해야 한다고 한다. 피부를 관리한다고 선크림을
너무 많이 바를 것이 아니다. 우리가 사용하는 에너지 총량은 음식
물로부터 얻는 에너지 총량보다 크다고 한다. 나머지는 햇빛에서 얻
고 있는 것이다. 야외 운동을 할 때도 전두엽이 햇빛을 받게 하기 위
해 모자를 벗고 하는 것이 좋다.

시인이 노래하는 바와 같이 나뭇잎 사이로 반짝이는 햇살을 바라
보면 아름다움이 느껴지고 행복감이 슬며시 다가온다. 그 이유는 우
리 마음의 뿌리는 대자연이고, 반짝이는 햇살을 바라보면 나의 의식
수준이 대자연과 동조화同調化되어 나도 모르게 높아지기 때문이다.
그러다 보면 사는 것 자체가 특권임을 깨닫게 되고 세상을 바라보
는 눈이 부드러워지고 마음이 긍정적으로 변하게 된다.

다른 사람의 눈물을 닦아주는 사람의 모습은
그 얼마나 고요한 아름다움인가

이 시구는 아름다움이란 어떤 사물이라기보다 아름다움을 느끼는 순간이고 장면임을 말해주고 있다. 아무리 비싼 물건이라도 사물은 소유하여 시간이 지나면 마음에서 멀어지기 마련이다. 이렇듯 어떤 사물이나 물건은 아무리 고가이고 명품이라 해도 그것으로 끝나는 것이지 더 이상 창조적이 될 수 없다.

그러나 아름다운 순간이나 장면은 소유하는 것이 아니고 경험하는 것으로 어느 때고 매 순간 새롭게 창조되는 것이다. 예를 들면 유도화가 만발한 올레길을 걷는 순간, 부모님 묘소 앞에서 온 가족이 모여 앉아 고인에 대한 이야기로 꽃피우는 장면, 서로 의기투합해서 함께 일을 성사시켰을 때의 모습, 관점을 바꿈으로써 비로소 깨닫는 순간, 다른 사람의 눈물을 닦아주는 사람의 모습 등 우리는 이런 아름다운 순간들을 소유하는 것이 아니라 경험하는 것이다. 그리고 그런 순간, 경험들은 오래 간직하면서 수시로 불러내어 반복 사용할 수 있으므로 새롭게 창조되는 것이다.

이러한 아름다움은 돈 많은 사람이 많이 소유할 수 있고 예술가만이 창조하는 것이 아니라, 나 스스로 내 주변의 소소한 생활 속에서 얼마든지 주도적으로 만들어낼 수 있는 어떤 순간이고 경험이라는 것을 시인은 알려주고 있다.

이러한 의미에서 다른 사람의 눈물을 닦아주는 사람의 모습은 우연한 것이 아니고 누군가가 의도적으로 창조한 결과물이다.

시인은 각박한 이 세상에서 이처럼 아름다운 순간을 창조한 사람, 다시 말하면 이 장면을 제작 주연한 사람들을 사랑하고 있는 것이다.

하버드대 에드워드 윌슨Edward Wilson 교수는 인간의 본성에 진정한 이타성利他性이 존재한다고 한다. 이기성利己性과 갈등하는 이타성이 존재함으로써 시인이 사랑하는 사람들이 아름다움을 창조하게 만드는가 보다.

해 저무는 충무로

최정자

지하철 충무로역 계단을 올라서면
개미같이 부지런한 사람들의 삶터가 있다
힘겨운 가장의 멍에를 목에 걸고
땀 흘리며 바쁜 일손을 움직이는 곳

충무로에 황혼이 찾아들면
작은 목로주점과 카페의 비추이는 창가에서
아름다운 불빛 찾아 목마른 사람들이 찾아든다

술잔에 고이는 땀방울을 한숨으로 마시고
고달픈 하루를 접고 내일의 밝은 태양을 맞이하기 위해
까아만 하늘을 바라보며
충무로역 계단을 내려간다

이 시와의 만남은 특이하였다. 시집이나 언론 매체, 인터넷을 통한 것이 아니고, 어느 주말 지하철 충무로역에서 혜화동 방향으로 환승하기 위해 승차장을 서성거리고 있을 때 스크린 도어에서였다. 아마도 지하철공사나 서울시에서 환경 개선이나 고객 서비스 차원에서 나름대로 시를 선정하여 게시한 것 같다. 수많은 직장인들 그리고 서민들이 애용하는 지하철역에서 이런 시를 만날 수 있는 것은 매우 감사한 일이다.

이 시는 월급쟁이 직장인의 애환을 그려내고 있다. 그 장소가 비단 충무로역뿐만이 아니라 광화문역, 강남역 등 어디라도 마찬가지다. 힘겨운 가장의 멍에를 목에 걸고 새벽부터 일터로 나가서 부지런히 일하고 고달픈 하루를 접고 까만 하늘을 바라보며 사랑하는 가족이 있는 집으로 돌아가는 직장인의 모습이 한 폭의 그림처럼 그려져 있다.

술잔에 고이는 땀방울을 한숨으로 마시고

직장생활의 힘겨움은 흔히 박봉薄俸이라는 말로 표현된다. 물론 틀린 이야기는 아니다. 그러나 오랫동안 직장생활을 한 필자의 눈에는 제일 어렵고 힘든 것이 직장 내부의 인간관계이다.

상사, 동료, 부하 직원, 잘난 사람, 못난 사람, 각양각색의 사람들이 모여 서로 함께 일하면서도 눈에 보이지 않는 피나는 경쟁을 하게 되는 직장인, 월급쟁이들, 어찌 퇴근 후의 한잔 술로 한숨을 씻어내지 않겠는가!

고달픈 하루를 접고 내일의 밝은 태양을 맞이하기 위해

이 시의 주제가 담긴 구절이다. 술 한잔에 한숨이나 쉬고 아무 생각 없이 그대로 집으로 향한다면 너무나 슬프지 아니한가. 그들에게는 제각기 꿈이 있고 그렇기에 오늘의 고달픔을 참을 수 있을 것이다. 내일의 밝은 태양을 맞이하기 위해 참고 견디는 것이다. 그러한 그들에게 따뜻한 격려와 힘찬 박수를 쳐주고 싶다.

필자가 젊은 시절 사회 초년병이었을 때 미쓰비시 상사, 포드 자동차 직원들 그리고 FNBC(CITI 은행 전신), 로이즈 은행 같은 외국계 은행원들과 업무상 교류를 하였다. 그러면서 자연히 우리 형편과 그들의 직장생활 문화를 비교하게 되었다.

그중 가장 부러운 것이 세 가지였다.

첫째, 그들은 토요일, 일요일 이틀간의 긴 주말을 즐기고 있었다.

TGIF(Thanks god it is Friday)를 외쳐대고 있었지만, 우리는 8·15 같은 국경일에도 특별한 이야기가 없으면 출근해야 했고 일요일도 이런 일 저런 일로 회사에 나가야 했다.

둘째, 그들은 해외여행이 자유로웠다. 누구나 복수여권을 갖고 있었다. 복수여권, 단수여권이라는 구별도 없었다. 우리는 업무상 해외 출장을 간다고 하여도 단수여권(일회용 여권)을 들고 다녔다.

셋째, 그들은 급여 면에서 인센티브 제도가 활성화되어 있었다. 업적을 공정하고 합리적으로 평가하여 상당한 보상을 해주는 제도가 있던 반면 우리는 보너스 정도에 만족해야 했다.

반세기가 지난 오늘 어느덧 선진국 문턱까지 성장한 우리나라도 이제는 모든 것이 선진국 평균 수준에 버금가는 제도와 관행을 갖추게 되었다. 첫째, 둘째는 이미 선진국 수준이다. 다만 셋째인 인센티브는 많이 개선되었다고는 하나 아직은 운영 제도가 미흡한 것 같다.

그렇다고 그 당시 직장생활이 지금보다 못했다고는 생각하지 않는다. 우리나라 산업화 초기인 60~80년대 기업의 가장 큰 특징은 창업자 1세대가 회사를 이끌고 있었다는 것이다.

정주영, 이병철, 정세영 같은 창업자 경영인 밑에서 일 하나만큼은 원 없이 하였고 또 그분들의 기업관, 국가관에 대해서도 공감하고 존경하였으므로 일은 힘들고 생활은 고단하였지만 그런대로 보람과 자부심을 느끼는 직장생활이었다.

오늘의 직장인들은 그 당시와는 비교할 수 없는 풍요의 시대에서 직장생활을 하고 있지만 상사에 대한 존경, 자기 일에 대한 보람이라는 면에서 어떻게 느끼고 있는지 궁금하기도 하다.

완화삼 玩花衫
― 목월에게

조지훈

차운산 바위 위에 하늘은 멀어
산새가 구슬피 울음 운다.

구름 흘러가는
물길은 칠백 리

나그네 긴 소매 꽃잎에 젖어
술 익는 강마을의 저녁노을이여.

이 밤 자면 저 마을에
꽃은 지리라.

다정하고 한 많음도 병인 양하여
달빛 아래 고요히 흔들리며 가노니……

나그네

박목월

강나루 건너서
밀밭 길을

구름에 달 가듯이
가는 나그네

길은 외줄기
남도 삼백 리

술 익는 마을마다
타는 저녁놀.

구름에 달 가듯이
가는 나그네.

이 두 편의 시는 시인들, 선비들의 멋과 우정이 깃들어 있는 서정적이면서도 낭만적인 시다. 1942년 봄, 연배가 약간 아래인 지훈은 목월이 금융조합 서기로 일하던 경주에서 목월과 첫 만남을 가졌다. 그는 목월의 인격과 시문학에 대한 열정에 감동하여, 고향인 경북 영양에 돌아와서 편지와 함께 '목월에게'라는 부제를 붙여 「완화삼玩花衫」이라는 시 한 편을 보냈다. 지훈의 시와 편지를 받고 감격한 목월도 밤새 「나그네」를 시작詩作하여 화답한 것이다.

같은 직업에 종사하는 사람들이 서로 상대방을 인정하고 존중해 주기는 그리 쉽지 않다. 그것은 상대방의 능력과 열정을 진정한 마음으로 평가하여야만 가능한 일이다. 존경심을 시로 표현하고 또 고마운 마음을 시로 화답하고 있는 두 시인의 아름답고 멋진 모습은 그림의 소재로도 손색이 없다. 세월이 좀 지났지만 어느 화가가 한번 시도해보면 어떨까 한다.

두 시인의 인생관과 세계관이 비슷해서 그러한지 두 시를 암송해 보면 운율과 리듬이 서로 비슷하고 느껴지는 감흥 역시 별 차이가 없다. 운율이 맞으면서 매우 간결하다는 점이 두 시의 공통점이다.

두 시는 제목에서도 통하고 있다. '완화삼玩花衫'이라는 제목에서 '완玩'은 좋아하여 가지고 논다는 뜻으로 이 시에서는 꽃과 적삼을 즐기는 선비나 나그네를 의미하는 것 같다.

"물길 칠백 리"와 "남도 삼백 리"라는 표현 역시 이리저리 떠도는 나그네의 이미지와 잘 어울린다. "술 익는 강마을"과 "술 익는 마을"이라는 시구 역시 애주가인 두 시인의 같은 마음을 엿볼 수 있다. "저녁노을이여"와 "타는 저녁놀"이라는 표현에서도 똑같은 낭만적 시정詩情을 느낄 수 있다.

사람을 일컫는 많은 단어 중에서도 '나그네' 하면 떠오르는 것은 외로움, 방랑, 낭만 같은 감정들이다. 좀더 생각해보면 자유, 자유인 自由人이라는 단어도 연상된다. 왜 그럴까? 인류의 역사를 생각해보면 그 답이 나온다. 지금까지 인류 역사의 99% 기간이 수렵, 채취 시대였으므로, 사람이 태생적으로 갖고 있는 방랑의 DNA는 지워지지 않고 여전히 남아 있기 때문이다.

그런 인류가 농업 사회에 들어서면서 정주定住 생활을 시작하게 되어 좋게 말하면 안주安住하게 된 것이고 달리 말하면 갇혀서 사는 생활을 하게 되었다. 정보지식 산업 시대에 진입해서는 더 심해진 것 같다.

요즈음 직장인들은 PC 앞에 앉아 자리를 뜨지 못하고 있다. 물론 인류가 안주하면서부터 문명이 발전하고 과학과 의학의 발전으로 수명도 길어지고 생활도 안락해진 것 또한 사실이다.

그러나 오래 살고 안주 생활이 고착되다 보니, 소유에 너무 과도하게 집착하는 부작용이 생겨나고 있다.

나그네가 가지고 다닐 수 있는 것은 고작 두 손에 들 수 있는 적은 양의 짐뿐이다. 나그네는 소유로부터 자유로운 자유인이다. 소유, 명예와 같은 세속적인 것에 구속받지 않는 사람이다.

이러한 자유로운 영혼을 지닌 목월, 지훈 두 시인은 모든 것을 버리고 길을 떠날 수 있는 나그네에 서로를 비유하지 않았는가 한다.

덴마크의 사회학자 크리스찬 비졸니스코브에 의하면 덴마크의 행복지수가 높은 것은 윤택한 사회환경보다도 굳건한 자유감自由感, 즉 개인주의 철학과 타인에 대한 높은 신뢰감 때문이라고 한다. 반면, 경제적으로 부유한 일본이나 한국의 행복지수가 낮은 것은 개인적 자유감이 부족하고 타인에 대한 신뢰감마저 저조하기 때문이라고 분석하고 있다.

특히 한국은 경제적으로는 부유해졌지만 아직 행복지수가 낮고 사회적 갈등이 커서 불행한 사람이 많은 전형적인 사례로 평가되고 있다. 이러한 점에서 마음을 비우고 초연히 세속의 모든 것을 버리고 떠날 수 있는 '나그네 마음'이 행복지수를 높이는 데 도움이 될 것이다.

그렇지만 글쎄요, 현실 속 생활인으로서 '나그네 마음'으로 산다는 것은 어려운 일이지요.

다만 이 시와 함께 산책길을 걸으며 긴 소매를 꽃잎에 적시면서 구름에 달 가듯이 주유천하周遊天下하는 자신의 모습을 그려볼 수는 있겠지요.

방문객

정현종

사람이 온다는 건
실은 어마어마한 일이다.
그는
그의 과거와
현재와
그의 미래와 함께 오기 때문이다.
한 사람의 일생이 오기 때문이다.
부서지기 쉬운
그래서 부서지기도 했을
마음이 오는 것이다 — 그 갈피를
아마 바람은 더듬어볼 수 있을
마음.
내 마음이 그런 바람을 흉내낸다면
필경 환대가 될 것이다.

사람이 온다는 건
실은 어마어마한 일이다.

생활인의 하루는 매일 새로운 사람을 만나게 된다. 필자의 경우 한참 바쁘게 일할 때는 명함 한 박스가 한 달 정도면 다 없어졌었다. "사람이 온다는 건 실은 어마어마한 일이다."라는 것을 그리 심각하게 인식하지 못한 채 업무 관계로 또는 취미 모임이나 공부 모임에서 수많은 사람들을 만나고 있다.

반면에 어느 대기업의 A 회장은 임원급인 경우 특이한 절차를 거쳐서 채용하고 있다. 제일 먼저 입사 지원자의 사주四柱인 생년월일과 시간을 문의하고, 점술가인지 모르겠지만 누군가와 상의한 후에야 이력서를 보내라고 한다. 지원자의 경력이나 전문성에 우선하여 A 회장과의 궁합이 맞는지를 먼저 검토하는 것으로 추측된다.

어딘지 좀 시대에 뒤떨어지고 비합리적인 경영 방법이라고 생각하지만, 시인이 말하는 바와 같이 한 사람이 온다는 것은 실로 어마어마한 일이라는 점을 인지하면 일면 수긍이 가기도 한다.

그의 미래와 함께 오기 때문이다.
한 사람의 일생이 오기 때문이다.

정현종 시인은 사람이 온다는 것이 얼마나 어마어마한 일인가 하는 것을 구체적으로 알기 쉽게 설명해주고 있다. "그는 그의 과거와 현재와 그의 미래와 함께 오기 때문이다. 한 사람의 일생이 오기 때문이다." 자칫하면 우리가 잊고 있을 수 있는 부분을 시인은 짧은 시구로 날카롭게 지적하고 일깨워주고 있다.

어찌 생각하면, 이 시구는 방문객을 만나고 모임에서 새로운 사람을 만나는 것을 부담스럽게 하거나 약간은 겁나게 만들기도 한다. 밝은 면은 걱정할 필요 없지만, 혹시나 악연惡緣이 되지 않을까 겁나는 것이다. 그는 그냥 오는 것이 아니라, 그의 미래와 함께 오기 때문이다. 한 사람의 일생이 오기 때문이다.

정말로 피해야 할 것은 악연을 만들지 않는 것이다. 그래서인지 요즘 세태를 반영하는 '관태기(관계 맺기+권태기)'라는 신조어가 생겼다고 한다. 다른 사람과 대인관계 맺기를 주저하고, 혼밥, 혼술은 물론 혼자 캠핑을 가는 혼캠까지도 늘고 있다고 한다.

결코 바람직한 행태는 아니지요.

악연은 어느 일방만의 잘못이라기보다 어찌 보면 서로의 책임이다. 창세기에서는 Imago Dei, 즉 "인간人間의 본성은 신神의 형상"이라고 하였다. 우리는 일상생활에 쫓겨 살면서 자각을 못 하고 있지만 신은 인간의 마음속에 자기의 형상을 DNA를 통하여 미리 심어 놓았다는 이야기다.

이렇듯 이 세상 어느 누구도 만만한 사람 없고, 무시할 사람 없는 것이다. 모든 사람을 중重히 여기고 살아가야 하며, 그러다 보면 악연이 들어올 수 있는 틈이 없어지는 것이다.

방문객을 맞이하거나 새로운 사람을 만날 때, 한 사람의 일생과 그의 미래를 함께 맞이하고 있음을 인지하고 무겁게 받아들이라고 시인은 넌지시 알려주고 있다.

한계령

정덕수

저 산은 내게 우지 마라
우지 마라 하고
발아래 젖은 계곡 첩첩산중

저 산은 내게 잊으라
잊어버리라 하고
내 가슴을 쓸어내리네

아, 그러나 한 줄기
바람처럼 살다 가고파

이 산 저 산 눈물
구름 몰고 다니는
떠도는 바람처럼

저 산은 내게 내려가라

내려가라 하네
지친 내 어깨를 떠미네

아, 그러나 한 줄기
바람처럼 살다 가고파

소프라노 신영옥이 데뷔 30주년 콘서트에서 90이 넘으신 부친이 특별히 부탁한 것이라며 앵콜송으로 부른 노래가 이 「한계령」이었다. 무대 위에서 "아버지 어디 계세요" 하고 객석에 있는 아버지를 일으켜 세우며 깊은 사랑과 존경을 표시하는 장면은 노래 못지않은 감동이었다.

　이 노래를 처음 들은 필자는 노랫말이 너무 마음에 와닿아 작사가가 누구인지 궁금하지 않을 수가 없었다. 그러다 보니 작사가가 이 곡의 작곡가에서 정덕수 시인으로 변경되는 우여곡절迂餘曲折이 있었음을 알게 되었다.

　그 사연은 이러하다. 정덕수 시인이 우연한 기회에 어느 작곡가에게 자작시自作詩 「한계령」을 보여주었다. 그로부터 몇 년이 흐른 후 설악산 산장에서 여대생들이 부르는 노래의 가사가 자기의 시 한계령과 너무나도 같은 것을 알게 되었다. 그 후 지인들의 도움으로 한국저작권협회 데이터베이스에 정덕수 시인이 작사가로 공식 변경 등록되었다.

이런 우여곡절을 겪다 보니, 원래 시인의 작품 「한계령」이 노랫말에 적합하도록 약간 조정되기도 하였으나, 전체적인 시상詩想의 흐름에는 변동이 없고 '한계령'이라는 노랫말로 이미 세상에 널리 알려져 있으므로 필자도 그 노랫말을 그대로 사용하기로 하였다.

저 산은 내게 내려가라
내려가라 하네
지친 내 어깨를 떠미네

이미 되어 있는 작곡에 노랫말을 작사하는 정도로서는 이처럼 절실하고 감동을 주는 시구가 나올 수가 없다. 이 시구에는 시인의 절실한 상황, 그를 붙들고 놔주지 않는 세속적인 욕망에 무척이나 힘들어하고 있는 모습이 그려진다. 시인은 설악산 오색 토박이 시인으로서 수시로 한계령, 대청봉을 오르내리며 젊은 날의 꿈과 그리고 현실 사이의 깊은 간격을 경험했을 것이다.

이런 젊은 시인의 마음에 공감하고 있는 저 산, 즉 설악산이 마침내 말문을 연 것이다. 그와의 대화를 시도한 것이다. 그런 면에서 이 시구는 저 산, 설악산과의 대화록이다.

저 산은 아무 때나 아무나하고 대화를 하는 것이 아니다. 절실하고 진정으로 바라며 갈구하는 자세를 보일 때서야 비로소 반응한다. 그러한 차원의 세계에서는 진실이 힘을 갖고 있다. 그리고 분위기가 조성되어 있어야 한다. 상상만 가지고는 약하다. 실제로 한계령, 대청봉을 수시로 오르내리며 생각하고 고민하고 갈구하는 실체적인 체험이 있어야 한다.

아! 그러나 한 줄기
바람처럼 살다 가고파

저 산, 설악산과 진지한 대화를 하다 보니 마음은 세속적인 욕망의 세계에서 벗어나게 된다.

마음속 깊이 어딘가 숨어 있던 원초적인 DNA랄까 우주의 마음이 그를 억누르고 있던 장벽을 밀어버리고 튀어나온 것이다. 약 300만 내지 400만 년 전에 태어난 원시인류 또는 약 20만 년 전 아프리카 대륙에 출현한 호모사피엔스의 마음인 방랑자, 나그네, 다시 말해 자유인으로 되돌아가고 싶은 마음이 솟아난 것이다.

이러한 마음, 감정 변화의 과정, 요샛말로는 알고리즘을 거쳐서 "아! 그러나 한 줄기 바람처럼 살다 가고파"라는 시어詩語가 탄생한 것이다. 그래서 한계령이 많은 사람들에게 감동을 주고 사랑받는 시가 되고 노래가 되었다고 생각한다.

특히 이 시는 산을 사랑하는 많은 산악인들로부터 열광을 받고 있다. 그저 속세를 잠시나마 잊고 싶어서 오늘도 묵묵히 산을 오르는 산악인들의 정서와 맥을 같이하고 있기 때문일 것이다.

한국 산악계의 대부인 이인정 회장의 핸드폰 배경음악도 이 「한계령」이다. 산을 오르다가 능선이나 정상에 이르러 땀을 닦으며 발 아래 계곡을 바라보며 나 스스로 대자연과 한몸이 되어 함께 즐길 수 있는 좋은 시이다.

너무나 많은 행복

이생진

행복이 너무 많아서 겁이 난다
사랑하는 동안
행복이 폭설처럼 쏟아져서 겁이 난다

강둑이 무너지고
물길이 하늘 끝 닿은 홍수 속에서도
우리만 햇빛을 얻어 겁이 난다

겉으로 보아서는
아무것도 없는 너와 난데
사랑하는 동안에는
행복이 너무 많아 겁이 난다

사랑은 순수한 우리말이다. 뜻도 좋지만 어감도 부드럽다. 춘원 이광수가 1938년 『사랑』이라는 장편소설을 신문에 연재하고부터 사랑이란 단어의 뜻이 영어의 러브love와 같은 의미로 우리 사회에서 널리 쓰이게 되었다고 한다.

사랑하는 동안
행복이 폭설처럼 쏟아져서 겁이 난다

계량화된 사고가 우리 사회의 모든 것들에 서열을 정하려고 든다. 학력고사 점수, 고액 납세 순위, 자산·매출액 크기 등 세상 모든 것들을 숫자로 줄 세워서 평가하려 한다. 그러나 사랑과 행복만큼은 수치로 평가할 수 없다.

아무리 부자고 공부를 잘해도 우등생이 된다는 보장이 없다. 사랑과 행복은 본인의 감정과 행복지수에 달려 있는 극히 주관적인 문제이기 때문이다.

겉으로 보아서는
아무것도 없는 너와 난데
사랑하는 동안에는
행복이 너무 많아 겁이 난다

우울증 환자들은 자기의 처지나 미래를 너무나 현실적이고 정확하게 평가한다고 한다. 그러나 정상인은 꿈도 꾸고 약간의 착각도 하면서 살아간다. 꿈만 꾸고 착각만 해서는 안 되겠지만 너무 힘겨운 현실에만 매여 사는 것도 좋지 않다. 상상도 하고 꿈도 꾸고 어리석게 착각도 하면서 바보처럼 살아야 행복이 들어올 수 있는 공간이 만들어진다. 그래야 "행복이 폭설처럼 쏟아지는" 삶의 기쁨을 맛볼 수 있음을 시인은 넌지시 가르쳐주고 있다.

시인은 이 짧은 시에 "겁이 난다"는 표현을 네 번이나 썼다. 물론 무섭거나 두려워한다는 의미로 쓰지는 않았을 것이다.

그 표현 속에는 동양적 사고가 담겨 있다고 생각한다. 동양에서는 사람은 태어날 때부터 살기 힘든 세상에 태어난 것이고 그의 앞에는 고해苦海가 있다고 여기므로, 행복은 예외적인 것이고 남의 눈에 띄어서는 안 된다고 생각한다. 반면에 서양에서는 사람은 태어날 때부터 행복하게 살 권리가 있는 존재라고 생각한다. 물론 이와 같은 이분법적인 구분이 보편적이라고 생각하지 않지만 필자는 이런 점에서는 별수 없는 한국인이라 동양적인 사고에 좀더 기울어진 생각을 갖고 있다. 그래서 그런지 이 시에서의 "겁이 난다"는 표현은 매우 겸손하고 소박한 마음을 나타내고 있으며 이 시를 한층 돋보이게 하고 있다고 높이 평가하고 싶다.

이생진 시인은 바다와 섬에 대한 시를 많이 썼으며 노령(1929년생)에도 불구하고 시를 암송하는 모임에 적극적으로 참여하고 있다고 한다. 너무나 보기 좋고 감사한 일이다. 그는 시를 쓸 때보다 시를 읽을 때 더 가슴이 설렌다고 한다. 자신이 쓴 시를 읽을 때 기분은 더할 나위 없을 것이다. 부럽기도 하고 존경스럽기도 하다.

좋은 시를 암송하면 여러모로 좋다. 치매 예방에도 좋고, 암송하는 시의 세계에 동화同化되어 자신의 식견識見과 정서도 함께 올라간다. 뿐만 아니라 이런 정신적 건강과 더불어 육체적 건강에도 도움이 된다. 이는 시를 암송하는 장소와 관련된다. 사무실이나 집 소파에서 시를 암송하는 것은 어색하다. 자연으로 나가게 된다. 산책길 공원길을 시와 함께 걸으면 육체적 건강에도 좋을 수밖에 없다. 시와 함께 걷는 것에 재미를 붙이면 걷기 위해 공원으로 가는 것이 아니라 시와 가까이하기 위해 공원으로 가게 된다.

이 정도가 되면 시로 인해서도 "너무나 많은 행복"을 가질 수 있게 되지 않을까요.

모란이 피기까지는

김영랑

모란이 피기까지는
나는 아직 나의 봄을 기다리고 있을 테요
모란이 뚝뚝 떨어져버린 날
나는 비로소 봄을 여읜 설움에 잠길 테요
오월 어느 날 그 하루 무덥던 날
떨어져 누운 꽃잎마저 시들어버리고는
천지에 모란은 자취도 없어지고
뻗쳐오르던 내 보람 서운케 무너졌느니
모란이 지고 말면 그뿐 내 한 해는 다 가고 말아
삼백예순 날 하냥 섭섭해 우옵내다
모란이 피기까지는
나는 아직 기다리고 있을 테요 찬란한 슬픔의 봄을

모란이 피기까지는
나는 아직 나의 봄을 기다리고 있을 테요

시인은 일제 치하의 대표적인 저항 시인이다. 창씨개명, 신사참배
도 거부했으며, 휘문고 재학 중 1919년 3·1운동 당시 독립선언문을
구두 속에 감추고 고향인 전남 강진에 내려갔으나 거사 직전에 발
각이 되어 6개월간 옥살이를 해야 했다. 16세 학생에게 너무 가혹한
형벌이었다.
　모란은 부귀영화를 상징하는 꽃이나, 이 시에서는 조국 광복의 의
미로 해석된다. 일제 치하의 젊은 지식인들은 정말로 가엾고 불쌍
했다. 평등, 공정, 정의 같은 인간의 기본권이 차별받는 사회, 너무나
숨 막히는 세상이었을 것이나, 명시名詩는 그런 환경을 두려워하지
않고, 더 깊이 고뇌하면서 탄생하는가 보다.

　모란이 피기까지는
　나는 아직 기다리고 있을 테요 찬란한 슬픔의 봄을

그는 조국의 광복을 기다리고 기다렸지만 너무도 요원한 일이었다. 반면 매년 이 땅에 봄은 어김없이 찾아왔다. 그 봄은 화려하고 찬란했다.

그러나 시인은 슬픔을 느끼고 있다. 화려하고 생기가 도는 봄이 아니라 찬란한 슬픔의 봄이었던 것이다. 이러한 의미에서 이 시는 조국의 독립을 염원하는 식민지 젊은 지식인의 절규라고 하겠다.

비록 우리의 힘으로 독립을 이루지는 못하였지만 영랑과 같은 저항 시인과 안중근 의사를 비롯한 독립운동가들이 있었기에 독립 국가 국민으로서 체면 유지가 되고 있다. 뿐만 아니라 세계인이 놀라는 대한민국의 경제 발전과 민주화 성취에도 영랑과 같은 시인의 나라 사랑 정신이 뒷받침된 것이다.

외국인이면서도 드물게 한·중·일 3개국 언어에 능통한 경희대 임마누엘 페스트라이쉬Emanuel Pastreich 교수는 그의 저서 『한국인만이 모르는 대한민국』에서 불과 두 세대 만에 선진국이 된 유일한 나라인 한국의 발전 토대는 전통문화, 그중에서도 선비 정신이라고 주장한다. 상당한 통찰력이 엿보이는 식견이다. 일제 치하의 저항 시인이었던 영랑이 일제의 갖은 회유에도 끈질기게 붙잡고 있었던 나라 사랑의 정신이야말로 이러한 선비 정신의 전형이다.

정신문화가 뒷받침되지 않는 경제 성장이나 민주화는 가볍다. 오래 지속되기 어렵다. 잠시 선진국 문턱까지 갔다가 다시 추락한 아르헨티나나, 반짝 성장하여 1954년 아시안 게임까지 개최했다가 다시 추락한 필리핀 같은 나라가 되기 십상이다.

필자는 이 시를 고등학교 국어 시간에 처음 접하였다. 최근 고등학교 국어 교과서를 다시 볼 기회가 있었는데, 아직도 이 시가 실려 있는 것을 보고 매우 기뻤다. 많은 젊은이들이 이 시를 애송하면서 국가의 가치와 고마움을 배울 수 있도록 하는 것이 조국의 독립을 절규하며 이 시를 지은 김영랑 시인에 대한 도리일 것이다.

수선화에게

정호승

울지 마라
외로우니까 사람이다
살아간다는 것은 외로움을 견디는 일이다
공연히 오지 않는 전화를 기다리지 마라
눈이 오면 눈길을 걸어가고
비가 오면 빗속을 걸어가라
갈대숲에서 가슴검은도요새도 너를 보고 있다
가끔은 하느님도 외로워서 눈물을 흘리신다
새들이 나뭇가지에 앉아 있는 것도 외로움 때문이고
네가 물가에 앉아 있는 것도 외로움 때문이다
산 그림자도 외로워서 하루에 한 번씩 마을로 내려온다
종소리도 외로워서 울려 퍼진다

누구나 알 만한 높은 지위에 있던 분이 퇴임 후 집에 찾아온 옛 부하 직원들과의 저녁 식사 자리에서 읊은 시가 바로 정호승 시인의 「수선화에게」였다. 백 마디의 말보다도 이 시 한 수가 공직을 떠난 그의 심경을 옛 부하 직원들에게 효과적으로 전달하였다고 생각한다.

눈이 오면 눈길을 걸어가고
비가 오면 빗속을 걸어가라

시인은 말한다. 공연히 오지 않을 전화를 기다리지 마라, 그리고 네 앞에 나타난 현실을 그대로 굳건히 받아들이라고. 그리고 또 걸어가라고, 눈이 오면 눈을 맞고, 비가 오면 비를 맞으면서 걸어가라고 조언한다. '아모르 파티Amor fati!'

그리스 신화에 나오는 영웅 오디세우스Odysseus는 트로이 전쟁에서 승리하고서도 험난한 여정을 거쳐 20년 만에야 고향에 간신히 귀환한다. 그가 위기 때마다 부하 병사들을 독려한 모토가 바로 '아모르 파티'였다. '너 자신의 운명을 사랑하라'는 뜻인데 겁먹지 말고 운명과 당당히 맞서되, 객관적 입장에 서서 이러한 너의 운명을 사랑하라는 격려의 말이다. 그 속에는 언제고 기회가 다시 온다는 암묵적 메시지도 포함되어 있다고 하겠다.

흔히 사람들은 자신의 길을 되돌아보며 후회하거나 운이 따라주지 않음을 한탄하곤 한다. 그러나 자기를 객관화하여 자기 자신과 자신의 운명을 구분하면 여유가 생긴다. 좋든 싫든 지나온 길, 후회할 일은 후회하고 반성할 일은 반성하면, 자기의 운명이 가엾기도 하지만 대견하다는 생각도 들게 된다. 마침내 자신의 그런 운명을 사랑하게 된다. '아모르 파티'의 경지에 오르게 되는 것이다. 이런 감정은 눈이 오면 눈길을, 비가 오면 빗길을 개의치 않고 뚜벅뚜벅 걸어갈 때도 느낄 수 있음을 시인은 알려주고 있다.

갈대숲에서 가슴검은도요새도 너를 보고 있다

우리 주위의 가슴검은도요새가 어디에 있는가? 시인이 말하는 가슴검은도요새는 타인이 아닌, 객관화한 또 다른 나의 모습이다. 세상에 제일 속일 수 없는 사람이 바로 나 자신이다. 그런 내가 쳐다보고 있는 한 비굴해질 수는 없다는 것을 시인은 잘 알고 있다. 갈대숲에서 다른 내가 지켜보고 있으니 비굴하게 행동하지 말고 자신의 운명을 사랑하면서, 눈길을, 빗길을 묵묵히 걸어가라고 시인은 조언하고 있다.

외롭고 힘들 때 스스로를 다독이기에 좋은 시이다.
이 시와 함께 눈길이나 빗길을 걸으면 어떨까요.
더할 나위 없을 것이다.

멋지게
사는 법을
알았다네

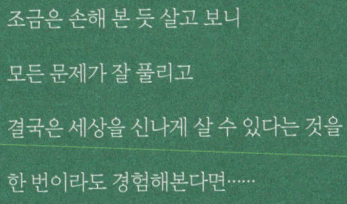

조금은 손해 본 듯 살고 보니

모든 문제가 잘 풀리고

결국은 세상을 신나게 살 수 있다는 것을

한 번이라도 경험해본다면……

황무지

T. S. 엘리엇

4월은 가장 잔인한 달
죽은 땅에서 라일락을 키우며
추억과 욕망을 뒤섞고
봄비로 생기 없는 뿌리를 깨운다.
겨울이 오히려 우리를 따뜻이 해주었다.
대지를 망각의 눈으로 덮고
마른 뿌리로 작은 생명을 길러주었으니……
슈타른베르게르호湖 너머로 소나기와 함께 갑자기 여름이 왔다.

(후략)

The Waste Land

T. S. Eliot

April is the cruellest month, breeding

Lilacs out of the dead land, mixing

Memory and desire, stirring

Dull roots with spring rain.

Winter kept us warm, covering

Earth in forgetful snow, feeding

A little life with dried tubers.

Summer surprised us, coming over the Starnbergersee

With a shower of rain.

4월은 가장 잔인한 달

4월 하면 마음속에 떠오르는 것이 4.19, 봄, 성묘 등이나 이에 못지 않게 T. S. 엘리엇의 시 「황무지」가 생각난다.

이 시가 특히 감동적인 것은 "4월은 가장 잔인한 달"이라는 첫 구절 때문이다. 대지를 망각의 눈으로 덮고, 마른 뿌리로 작은 생명을 길러준 겨울이 오히려 따뜻했다는 시상詩想은 너무도 가슴에 와닿는다. 시인의 높은 안목眼目을 보여준다.

우리말에도 춘래불사춘春來不似春이라는 말이 있듯이, 긴 겨울 내내 기다렸으나 욕망에 너무나 못 미치고 있는 4월은 더 잔인하게 느껴진다. 4월은 죽은 땅에 라일락을 피우며, 추억과 욕망을 뒤섞고 있다고 T. S. 엘리엇은 갈파하고 있다.

그는 원래 영국 로이드 은행원이었으나, 버지니아 울프, 어니스트 헤밍웨이 같은 문인文人들이 그가 은행에서 인생을 낭비하고 있다고 통탄하고 그를 위한 창작 후원금을 모은 덕에 전업 시인으로 태어나, 「황무지」 등 그 시대를 대표하는 시작詩作을 발표하여 노벨문학상(1948)을 받음으로써 후원자들에게 보답하였다.

이 시는 봄을 예찬하는 예사 시와는 사뭇 다르다. 그런 점에서 필자의 젊은 시절, 4월을 맞이하는 젊은이들은 이 시에 열광하였다. 4월에 새봄, 새 학기를 맞이하였으나, 화창한 봄날은 단 며칠뿐이고, 춥고 을씨년스러운 것이 그 당시의 전형적인 4월 날씨였다. 학교 화단에는 갖가지 꽃들이 피었으나 그 아름다움은 눈에 들어오지 않고 보이지도 않았다. 난방이 꺼진 강의실은 싸늘했고, 벗어버린 겨울 내의가 그리워지기만 하였다.

그래도 젊은 피는 뜨거웠으며, 모든 것이 힘들고 부족하였고 욕망과 현실은 너무나 큰 차이가 있었다. T. S. 엘리엇은 바로 이러한 복잡한 현실을 맞이하고 있는 젊은이의 마음을 치열하고 솔직하게 표현한 것이다. 4월은 가장 잔인한 달이라고……

지금은 그 당시와 비교할 수 없을 정도로 풍족한 시대에 살고 있으나 욕망과 현실의 격차는 여전할 것이므로, 아니 더 커졌을 터이니 오늘의 젊은이들에게도 이 시가 많은 사랑을 받을 수 있는 충분한 이유가 있다고 생각한다.

힘들고 어려울 때 희망과 긍정을 주는 시가 독자에게 위안을 준다. 그러나, 사람의 마음은 참으로 복잡한지라, 때로는 철저히 치열하게 현실을 파헤치고 그 고통과 마주하는 문학도 우리의 힘든 마음을 정화해준다.

201

비극을 관람하는 관객이 그 비극의 처절함을 배우를 통하여 간접 체험함으로써 카타르시스를 느끼며 정신적 안정을 찾는 것과 같은 심리이다. 그래서 현실을 무섭게 또 치열하게 파헤치는 이 시가 세계적인 명시가 되어 오랫동안 생명력을 갖고 수많은 독자들의 열렬한 사랑을 받고 있다고 하겠다.

외롭고 힘들고 어려울 때 산책길에서 조용히 암송하며 카타르시스를 느껴볼 수 있는 시이다.

비 가는 소리

유안진

비 가는 소리에 잠깼다
온 줄도 몰랐는데 썰물 소리처럼
다가오다 멀어지는 불협화不協和의 음정音程

밤비에 못다 씻긴 희뿌연 어둠으로,
아쉬움과 섭섭함이 뒤축 끌며 따라가는 소리,
괜히 뒤돌아보는 실루엣 같은 뒷모습의,
가고 있는 밤비소리,
이 밤이 새기 전에 돌아가야만 하는 모양이다

가는 소리 들리니 왔던 게 틀림없지
밤비뿐이랴
젊음도 사랑도 기회도
오는 줄 몰랐다가 갈 때 겨우 알아차리는
어느새 가는 소리가 더 들긴다

왔던 것은 가고야 말지
시절도 밤비도 사람도…… 죄다

밤비뿐이랴
젊음도 사랑도 기회도
오는 줄 몰랐다가 갈 때 겨우 알아차리는

그렇다. 오는 줄도 몰랐는데 갈 때야 겨우 알아차리는 것이 어디
밤비뿐이겠는가. 우리에게 그렇게도 귀중하고 소중한 젊음도 사랑
도 기회도 마찬가지이다. 사랑도 기회도 이를 알아차리고 인식한 자
에게만 행운으로 보답한다. 그러나 우리는 기회가 왔지만 이를 인지
하지 못하고 있다가 뒤늦게 아쉬워하곤 한다.

그러면 어째서 그렇게도 귀중하고 소중한 것이 오는 것을 모르고
있을까 하는 의문이 들지 않을 수 없다.

왜 알아차리지 못할까요.

그 이유는 평소에 그 귀중함과 소중함을 인식하지 못하고 무덤덤
히 지내고 있기 때문이다.

덴마크의 유명한 양자물리학자 닐스 보어(Niels Henrik David Bohr,
1885~1962)는 관찰하지 않은 것은 존재하지 않는 것이라고까지 말하

였다. 그는 숲에 홀로 쓰러져 있는 나무도 이를 아무도 관찰하지 않았다면 존재하지 않은 것과 마찬가지라고 하는 그 유명한 "코펜하겐 해석"을 주도하였다.

그다음은 어떻게 해야 그 기회를 놓치지 않고 이를 인식하고 알아차릴 수 있느냐 하는 명제가 나온다.

무엇보다도 눈에 보이고, 눈에 들어와야 한다. 이를 위해서는 "눈에 보이는 것SIGHT"만 볼 것이 아니고, 남들이 못 보는 "보이지 않는 것INSIGHT"을 볼 수 있는 통찰력insight을 키우는 방법밖에 없다.

『사피엔스』, 『호모데우스』라는 세기적 명저를 저술한 유발 하라리Yuval Noah Harari는 언론과의 인터뷰에서 자기의 통찰력은 명상meditation에서 나왔다고 피력한 바 있다. 그는 1년에 두 달의 명상 여행을 떠나고, 또 매일 두 시간씩 명상을 한다고 한다. 일상의 모든 생각을 잊고 그저 코와 입을 통하여 들숨, 날숨을 경험하는 명상에서 나오는 통찰력이 없었다면 『사피엔스』, 『호모데우스』를 쓸 수 없었을 것이라고 말하고 있다.

글쎄요. 이해가 되는 것 같기도 하지만 보통의 생활인이 따라하기는 어려운 일이지요. 우선 그 같은 시간도 낼 수 없지요.

그렇다면 주변의 공원, 산책길을 걷는 것이 차선책이 될 수 있다. 그러나 여럿이 떠들면서 걸으면 아무 소용이 없다. 혼자서 마음을 정돈整頓하고 시詩와 함께 걷는다면 좀더 효과적일 것이다.

마지막으로 한마디 더 하자면, 명상이나 산책길에서 문득 떠오른 생각이 내 안목을 높여주는 통찰력이 되어주었다면, 이에 대하여 감사의 메시지를 보내야 할 것 같다.

내 마음속 깊이 존재하고 있는 누군가가 심어놓은 무의식, 우주의 마음에 감사하는 것이 도리道理겠지요.

왔던 것은 가고야 말지
시절도 밤비도 사람도…… 죄다

참으로 유안진 시인은 큰 그림으로 우리네 인생살이를 노래하고 있다.

아무리 통찰력과 안목을 길러 기회를 붙잡아도 그 기쁨은 잠시이고, 설령 기회를 놓친다 해도 그리 한탄할 일이 아니라는 이야기지요.

결국 왔던 것은 가고야 마는 것이 세상의 이치이고 우주의 원리임을 이 시구는 새삼 말해주고 있다.

행복

유치환

사랑하는 것은
사랑을 받느니보다 행복하나니라
오늘도 나는
에메랄드빛 하늘이 환히 내다뵈는
우체국 창문 앞에 와서 너에게 편지를 쓴다

행길을 향한 문으로 숱한 사람들이
제각기 한 가지씩 생각에 족한 얼굴로 와선
총총히 우표를 사고 전보지를 받고
먼 고향으로 또는 그리운 사람께로
슬프고 즐겁고 다정한 사연들을 보내나니

세상의 고달픈 바람결에 시달리고 나부끼어
더욱더 의지 삼고 피어 헝클어진 인정의 꽃밭에서
너와 나의 애틋한 연분도
한 망울 연연한 진홍빛 양귀비꽃인지도 모른다

사랑하는 것은
사랑을 받느니보다 행복하나니라
오늘도 나는 너에게 편지를 쓰나니
그리운 이여, 그러면 안녕!
설령 이것이 이 세상 마지막 인사가 될지라도
사랑하였으므로 나는 진정 행복하였네라

요즘 젊은이들이 연애할 때 서로의 감정을 어떻게 전하는지 잘 모르겠으나, 아마도 문자나 이메일을 주로 이용할 것이다. 이러한 연락 방법은 실시간으로 아무 때나 아무 곳에서 손쉽게 할 수 있어 사업상 연락이나 업무 추진에는 더할 나위 없이 편리한 교신 방법이겠으나, 남녀 간의 깊은 정과 감성이 개입된 부분에는 아날로그적인 육필 편지가 더 정겹고 어울린다고 하겠다.

　이메일이나 문자 메시지, 카카오톡이 편리하게 사용되는 세상에 이 시처럼 러브스토리에 우체국이 등장하는 경우는 거의 없다. 우체국이나 우체통은 아날로그 시대의 유물이 되어버린 지 이미 오래다. 그래서 「행복」이라는 이 시가 더 로맨틱하게 느껴지는 것 같다. 일종의 향수 같은 느낌 말이다.

　　사랑하는 것은
　　사랑을 받느니보다 행복하나니라

　사랑하는 것이 사랑을 받느니보다 행복하다는 것을 아는 사람은 심리를 잘 이해하고 있는 사람이다. 사람은 기본적으로 자기중심적이다. 사랑을 받는 것은 물론 행복하고 감사한 일이다. 그러나 선택은 어디까지나 사랑을 주는 쪽에서 하는 것이다. 사랑을 받는 것은 피동적인 사랑인 셈이다.

그래서 시인이 노래한 바와 같이 사랑하는 것이 사랑을 받는 것보다 더 행복감을 느끼게 되는가 보다. 부모와 자식 간의 경우 부모는 스스로 선택한 사랑이나, 자식의 입장에서는 자기가 선택한 사랑이 아니다. 그러다 보니 부모의 입장에서 섭섭한 일들이 자주 생기는 것 같다.

"듣는 귀는 천 년이요, 말하는 입은 사흘"이라는 말이 있다. 주로 야속하고 섭섭한 말을 들었을 때, 자기가 상처 입은 귀는 오래오래 가고 남에게 상처를 준 입은 사흘이면 잊게 된다는 뜻이다. 이와 같은 심리 역시 자기중심적 사고에서 비롯된 것이라 하겠다. 이 시의 스토리와 같이 자기가 선택한 사랑이고 또 상대방이 이를 기꺼이 받아들이는 상황이면 금상첨화이다. 이런 사랑이라면 무엇하고도 비교할 수 없게 행복하지 아니할 수 없을 것이다. 그래서 시인은 이 시의 제목을 '사랑'이 아니라 '행복'으로 정했는가 보다.

오늘도 나는 너에게 편지를 쓰나니
그리운 이여, 그러면 안녕!

이 시를 조용히 암송해보면 마치 라디오 희망 음악 프로그램에서 오가는 사랑의 이야기를 듣고 있는 기분이 든다. 필자가 젊은 시절, 병영 생활을 할 때 그리운 사람에게 즐겁고 다정한 사연들을 음악과 함께 전해주는 라디오 프로그램을 즐겨 듣던 기억이 새롭다. 그 사연들이 얼마나 가슴에 와닿았던지······ 부모와 자식, 연인, 친구들 사이 짧은 사랑의 사연이나 격려의 말을 노래나 음악과 함께 듣고 있으면, 마음이 매우 고요해지고 사랑의 기운이 충만해짐을 느낄 수 있었다.

아무 사연 없이 음악만 듣는 것보다 훨씬 더 감동적이 되는 것 같다. 아마도 그 프로그램에서 오가는 사랑, 신뢰, 기쁨 같은 감정을 공유함으로써 자신도 모르는 사이 공감하게 되기 때문이라고 생각한다.

이 시를 조용히 암송해보면 유치환 시인이 직접 쓴 사랑의 편지를 우체통에 넣고 행복감에 젖어 있는 감정을 공유하게 된다. 물론, 그가 문단에 널리 알려진 대로 어느 여류 시조 시인에게 오랜 세월 동안 수많은 편지를 보냈다는 러브스토리의 실제 주인공이라는 점이 이 시를 이해하는 데 도움이 되기도 하였다.

필자의 경우 보통 시 한 수를 암송하는 데 일주일 정도 걸린다.

「행복」은 암송하기에 다소 긴 시이다. 그럼에도 불구하고 오히려 시간이 덜 걸렸다. 매우 예외적이었다. 아마도 유치환 시인이 그려 낸 아날로그적 러브스토리가 세대를 초월하여 원초적으로 공감하기 쉽게 시작詩作되었기 때문일 것이다.

황혼까지 아름다운 사랑

용혜원

젊은 날의 사랑도 아름답지만
황혼까지 아름다운 사랑이라면
얼마나 멋이 있습니까

아침에 동녘, 하늘을 붉게 물들이며
떠오르는 태양의 빛깔도
소리치고 싶도록 멋있지만

저녁에 서녘, 하늘을 붉게 물들이는
노을 지는 태양의 빛깔도
가슴에 품고만 싶습니다

인생의 황혼도 더 붉게
붉게 타올라야 합니다
마지막 숨을 몰아쉬기까지
오랜 세월 하나가 되어

황혼까지 동행하는 사랑이
얼마나 아름다운 사랑입니까

젊은 날의 사랑도 아름답지만
황혼까지 아름다운 사랑이라면
얼마나 멋이 있습니까

어느 대학에서 50대 중반의 크게 성공한 사업가에게 주는 명예박사학위 자격 심사를 했다. 그는 스스로 창업하여 회사를 크게 키웠고 모교 발전 및 사회 공헌에도 기여한 바가 컸다. 그러나 최종 결정에서는 부결되었다. 이유는 명예박사를 받기에는 너무 젊다는 것이었다. 그를 평가하기는 좀 이르다는 판단이었다. 앞으로 더 발전할 가능성도 크지만 동시에 잘못될 수 있는 확률도 있다는 뜻이 고려된 결정이었다.

그렇다. 황혼까지 아름다운 사랑은 풋사랑이 아니다. 명예박사처럼 멋있는 인생을 살아온 사람만이 만년晚年이 되어서야 향유할 수 있는 완숙한 사랑이다.

유럽 지중해에 인접한 어느 나라에는 이러한 풍습이 있다고 한다. 항해를 떠나는 자식을 위해서는 기도를 한 번 하고, 전쟁터에 나가는 자식을 위해서는 기도를 두 번 하고, 결혼하는 자식을 위해서는 기도를 세 번이나 한다고 한다.

황혼 이혼이라는 신조어가 생길 정도로 황혼까지 아름다운 사랑을 간직하고 가정을 꾸려나간다는 것은 쉬운 일이 아니다. 그렇지만 너무 겁을 먹거나 부정적으로만 생각할 필요는 없다. 실제로 주위에는 황혼까지 아름다운 사랑을 지속하는 사람들이 많다.

연세가 여든이 다 된 한 선배는 아내의 병간호를 위해 아파트도 처분하고 실버타운에 입주하여 병간호를 지극 정성으로 하고 있다. 그는 통상의 모임에는 참석 못 하고 연말 모임에나 늦게 참석하여 얼굴만 보고 빨리 가봐야 한다며 서둘러 자리를 뜨곤 하였다.

연세가 여든이 넘으신 A 그룹 B 회장은 아내가 암 수술 후 투병하는 동안 1년을 넘게 병실에서 같이 생활하였고 회사 출근도 병실에서 하였다고 한다. 한 달에 한두 번 정도만 집에서 잠을 잤다고 한다.

인생의 황혼도 더 붉게
붉게 타올라야 합니다
마지막 숨을 몰아쉬기까지
오랜 세월 하나가 되어
황혼까지 동행하는 사랑이
얼마나 아름다운 사랑입니까

이 시구를 조용히 암송해보면 따뜻한 부부애가 슬며시 가슴에 차오른다. 행복해서 웃지만, 억지로라도 웃으면 행복해지듯이 이 구절을 암송해보면 마음이 조금씩 벅차오르는 것을 느낄 수 있다. 남은 세월이라도 좀더 노력하라고 시인이 넌지시 가르쳐주고 있는 것 같다.

착한 후회

정용철

조금 더 멀리까지 바래다줄걸
조금 더 참고 기다려줄걸
그 밥값은 내가 냈어야 하는데
그 정도는 내가 도와줄 수 있었는데
그날 그곳에 갔어야 했는데
더 솔직하게 말했어야 했는데
그 짐을 내가 들어줄걸
더 오래 머물면서 더 많이 이야기를 들어줄걸
선물은 조금 더 나은 것으로 할걸

큰 후회는 포기하고 잊어버리지만
작은 후회는 늘 계속되고 늘 아픕니다

조금 더 멀리까지 바래다줄걸
조금 더 참고 기다려줄걸
그 밥값은 내가 냈어야 하는데

정용철 시인은 사람의 마음을 잘 읽어내는 시인이다.
'조금 더 신경 써줄걸……' 하며 지나고 나서 후회되는 마음을 진솔
하게 그려내고 있다. 이런 후회의 마음을 한마디로 표현한다면 찜찜
하다고 하는 것이 적절할 것 같다. 세상사 모든 것이 찜찜하면 무엇
인가 부족하고 잘못돼가고 있을 확률이 높다.

우리의 이성은 느끼지 못하고 있으나 감성은 이를 알아차리고 있
다. 무언가 부족하고 잘못돼가고 있어서 찜찜하다고 신호를 보내고
있는 것이다.

이런 신호를 잘 느끼지 못하는 사람도 있기는 하지만 이는 매우
드문 경우이고, 대부분 이 신호를 감지하고 있지만 이를 적극적으로
잡지 못하고 미적거리다가 뒤늦은 후회를 되풀이하곤 한다. 반면에
이 신호를 놓치지 않고 즉시 잡고 행동으로 연결하는 적극적인 유

형도 있지만 매우 소수이다.

시인은 적극적인 유형은 아닌 것 같고 그저 선한 후회를 반복하는 보통 사람인 것으로 추측된다. 이렇게 살고 있는 것이 일반적인 우리 생활인의 모습이기도 하다.

신학자인 김흡영 교수에 의하면 유교와 기독교의 유사성은 크다고 한다. 인간의 본성은 하느님의 형상이다. 그러므로 누구나 갖고 있는 내 안의 양良, 즉 양지良知만 추구하여도 된다고 한다. 쉽게 말하면 양심良心에 따르면 된다는 이야기다. 좀 달리 표현하면 수신修身은 내 안의 양지良知를 실현하는 것이라는 주장이다.

이 말씀을 듣고 보니 평소에 갖고 있던 의문이 풀린다. 우리가 종종 경험하는 일이다. 공부를 많이 한, 학식 높은 사람이 때로는 시골 촌부보다 지혜롭지 못한 경우가 많다. 또한 큰 조직에서 일해본 경험이 전혀 없는 평범한 할아버지의 마음이 큰 협상이나 의사 결정에 전문 경영인보다 효과적일 때도 더러 있다.

이러한 시골 촌부나 할아버지가 누구에게 배운 것은 아니다. 텅 비운 마음속에서 무의식적으로 나오는 한마디이고 섬광처럼 스쳐가는 생각에서 나오는 아이디어인 것이다. 어떻게 해서 이런 조화가 일어나는가? 그 까닭은 마음속 어디엔가 잠재되어 있던 어떤 힘이 멘토 역할을 해주었기 때문일 것이다. 그러면 그 힘은 무엇인지 궁금하지 않을 수 없다.

글쎄요, 그 힘은 잠재의식에 숨어 있던 지혜, 또는 우주의 마음이 아닐까요.

정용철 시인이 내비치는 "조금 더 멀리까지 바래다줄걸, 선물은 조금 더 나은 것으로 할걸" 같은 착한 후회 역시 마찬가지다. 우리의 마음을 찜찜하게 만들고 있는 착한 후회의 그 원천이 바로 내 안에 있는 우주의 마음일 것이다.

김소월, 김영랑, 박인환, 조지훈, 신석정, 유치환, 김현승, 서정주 등 기라성 같은 시인들의 멋있고 아름다운 시구에도 우주의 마음이 깃들어 있다고 생각한다. 그래서 그 짧은 시구 하나가 두꺼운 철학책이나 경전 못지않게 우리 마음속 어딘가 잠재되어 있는 우주의 마음을 불러내어, 우리를 감동시키고 커다란 가르침을 선사해주는가 보다.

장진주사 將進酒辭

정철

한잔 먹세그려 또 한 잔 먹세그려
꽃 꺾어 산算 놓고 무진무진 먹세그려

이 몸 죽은 후면 지게 위에 거적 덮어
줄이어 메고가거나
유소보장流蘇寶帳*에 만인萬人이 울며 따른다 해도

억새 속새 떡갈나무 백양白楊 숲에 가기만 하면
누런 해 흰 달 가는 비
굵은 눈 소소리바람** 불 제

뉘 한잔 먹자 할꼬
하물며 무덤 위에 잔나비 파람 불 제야
뉘우친들 어찌하리

* 유소보장: 화려하게 꾸민 상여
** 소소리바람: 이른 봄 살속으로 스며드는 듯한 차고 매서운 바람

송강 정철(1536~1593)은 「사미인곡」, 「관동별곡」 등을 저술한 조선 시대 가사歌辭문학의 대가이다. 또한, 벼슬도 높이 하여 좌의정까지 올랐으며, 임진왜란 때 선조를 가까이서 보좌하였고, 명나라에 사은사로 다녀오기도 하였다.

「장진주사」를 학생 때 국어 시간에 배운 것 같기도 하나 기억이 확실하지 않다.

이 가사歌辭를 만나게 된 것은 회사 생활에 한창 바쁘던 시절 심연섭(1923~1977) 선생의 저서 『건배』를 통해서였다.

심연섭 선생은 자칭 우리나라의 최초 칼럼니스트였으며 60~70년 대 애주가로 장안에 널리 알려진 멋쟁이 언론인이시다. 칼럼에 실린 사진 속의 검은 뿔테 안경과 나비넥타이는 그의 트레이드마크였다. 그는 연말 파티에서 어떤 여성 국악인이 「장진주사」를 읊는 소리를 듣고 매우 감동하여 그의 저서 『건배』에서 극찬을 아끼지 않았다.

필자 역시 심연섭 선생과 같은 생각이다. 약 4백여 년 전에 쓰인 작품이지만 그 운율이나 리듬이 현대시와 크게 다를 것이 없고, 또 권주가로서 술좌석에서 분위기를 만드는 데 제격이다. 실제로 어느 연말 모임에서 건배사를 부탁받고 통상의 건배사 대신 「장진주사」를 암송한 적이 있는데, 파티 분위기를 그리 해치지 않았다고 생각한다. 사람의 감정이나 사고思考는 4백 년 정도의 세월로는 크게 변하지 않는다는 것을 말해주고 있다.

굵은 눈 소소리바람 불 제

뉘 한잔 먹자 할꼬
하물며 무덤 위에 잔나비 파람 불 제야
뉘우친들 어찌하리

이 작품은 술을 권하는 권주가이기도 해서 그러하겠지만 '카르페 디엠Carpe Diem', 현재를 즐기라는 메시지가 담겨 있다. 미래를 위해 참고, 자제도 해야겠지만 사실 어떤 미래도 보장되어 있지 않다. 지금 내가 참석하고 있는 파티를 마음껏 즐기고, 지금 만나고 있는 사람을 소중하게 생각하라는 가르침이다.

만고의 진리이지요.

그럼에도 대부분 잊고 살고 있다. 생활인으로서 받고 있는 소소한 스트레스나 부담이 사고思考에 큰 부분을 차지하고 있다 보니 마음에 여유가 없기 때문일 것이다.

아무리 부귀영화를 누렸던 사람도 꽃상여 타고 가면, 누구든 한잔 마시자 할 리 없고, 또 마실 수도 없다. 하물며 무덤 위에 원숭이가 휘파람 불 때에서야 뉘우친들 무슨 소용이 있겠는가.

맞는 이야기다. 그러니 때로는 「장진주사」를 암송하면서 현실을 잠시 떠나 새로운 기분을 느껴보는 것도 정신 건강에 좋을 것이고, 권주가勸酒歌로서 술맛도 나게 할 것이다. 4백여 년 전에 지어진 작품이나 앞으로 4백 년 후에도 그 느낌은 다르지 않을 것 같다.

낙화 落花

조지훈

꽃이 지기로서니
바람을 탓하랴

주렴 밖에 성긴 별이
하나둘 스러지고

귀촉도* 울음 뒤에
머언 산이 다가서다.

촛불을 꺼야 하리
꽃이 지는데

꽃 지는 그림자
뜰에 어리어

하이얀 미닫이가

우련** 붉어라.

묻혀서 사는 이의
고운 마음을

아는 이 있을까
저어***하노니

꽃이 지는 아침은
울고 싶어라.

* 귀촉도: 소쩍새
** 우련: 보일 듯 말 듯
*** 저어: 두려워

꽃이 지기로서니
바람을 탓하랴

어느 정치인이 정권이 바뀐 후 어떤 혐의로 구치소에 수감되면서 기자들 앞에서 구속되는 심경을 이 시구를 빌려 토로했다. 그 정치인의 정치적 컬러를 떠나서 적절한 시점에 나름대로 멋있는 표현을 하였다고 생각한다. 그의 입에서 조지훈의 시 「낙화」의 첫 구절이 나오는 순간 그를 다시 보게 되었다.

'아 멋있다' 하는 느낌이 문득 들지 않을 수 없었다. 이처럼 명시 한 구절은 사람의 마음을 흔드는 힘을 가지고 있다.

박두진, 박목월과 함께 '청록파' 시인인 조지훈은 심약한 예술가라기보다 세상을 향하여 홀로 옳은 소리를 하며 많은 사람들을 일깨워주는 논객이나 지사志士와 같은 시인이다. 그의 저서 『지조론志操論』을 읽지 않으면 의식 있는 대학생이 아닐 정도로 그의 책은 1960년대 베스트셀러였으며, 대학에서 그는 수강생이 몰리는 스타 교수였다.

촛불을 꺼야 하리
꽃이 지는데

꽃 지는 그림자
뜰에 어리어

하이얀 미닫이가
우련 붉어라.

　꽃이 지는 모습은 자주 시작詩作의 대상이 되었고 낙화의 정경을
노래한 시인은 많다. 그중에서도 조지훈의 「낙화」가 으뜸인 것은 우
리의 마음을 고요히 흔드는 힘을 가졌기 때문이다. 낙화의 순간을
이보다 더 리얼하면서도 감성적으로 표현할 수 있을까? 거기에 더
해 시의 배경이 된 전통 한옥의 은은한 아름다움도 곁들이고 있다.

꽃이 지는 아침은
울고 싶어라.

　마지막 구절 "꽃이 지는 아침은 울고 싶어라"가 이 시의 백미白眉
이다. 언뜻 보아서는 세상을 등진 심정을 표현했다고도 해석할 수
있으나, 시 전체에 흐르는 서정적 흐름으로 보아서는 그와 다르게

해석하는 것이 시인의 마음에 더 가깝지 않을까 한다.

이 시는 조지훈이 1946년 《상아탑》에 발표한 것으로 그의 20대 청년기 시절 작품이다. "꽃이 지는 아침은 울고 싶어라"같이 아침에 꽃이 지는 것을 보면서 울고 싶다는 것은 청춘만이 누릴 수 있는 넘치는 벅찬 감정이고 특권이라고 하겠다. 울고 싶다고 표현은 하였지만 내면적으로는 슬프거나 즐겁다는 것을 떠나 청춘의 감상感傷적인 벅찬 감정을 표현한 것이라고 생각한다.

미래학자이며 하와이대 미래학 대학원 교수인 짐 데이터Jim Dator에 따르면, 사람의 창조력은 20대 전후가 제일 높으나 그 후의 인생을 열심히 창조적으로 살아온 사람에게는 제2의 황금기가 있다고 한다. 다시 말하면 60대 후반에서 70대에도 20대 못지않게 매우 창조적일 수 있다고 주장한다.

세상을 살아가는 데는 전환기가 있다. 어린 시절의 사춘기思春期, 또 중년에 맞이하는 사추기思秋期가 있다. 그러나 그것으로 끝나는 것이 아니라 60대 중반 이후에도 사춘기 못지않게 정신적으로나 육체적으로 큰 변화를 겪게 된다. 필자는 그 시기를 사노기思老期라고 부르고 싶다. 짐 데이터 교수는 바로 그 '사노기'가 때로는 매우 창조적일 수도 있다고 말한다.

이런 사노기思老期에 속한 세대는 '낙화'에 대해 어떤 감정을 느낄까?

청춘이 느끼듯 "꽃이 지는 아침은 울고 싶어라"는 아니겠지만 사라지는 것에 대한 아쉬움, 인생무상을 느낄 것이다. 그리고 이제는

얼마 남지 않은 삶을 과거에 매달리지 않고 또 어디에도 얽매이지
않은 채, 스스로 하루를 만드는 소박한 창조자가 되는 꿈을 꾸고 있
을 것이다.

멋있게 살아가는 법

용혜원

나는야
세상을 살아가며
멋지게 사는 법을 알았다네

꿈을 이루어 가며 기뻐하고
유머를 나누며
만나는 사람들과 모든 것들을
소중히 여기면 된다네

넓은 마음으로
용서하고 이해하며
진실한 사랑으로 함께해주며
욕심을 버리고
조금은 손해 본 듯이 살아가면 된다네

나는야

세상을 신나게
살아갈 수 있음을 알았다네

만나는 사람들과 모든 것들을
소중히 여기면 된다네

　용혜원 시인은 독실한 기독교 신자이다. 그는 기독교의 박애 정신
과 더불어 프랑스 계몽사상가 장 자크 루소가 주장한, 모든 인간은
태어나서부터 자유롭고 평등하며 행복을 추구할 권리를 갖고 있다
는 천부인권天賦人權 사상을 굳건히 갖고 있음을 짐작할 수 있다.
　빈부 차이 없이, 학식의 차이 없이, 남녀노소의 차이 없이, 천부인
권을 갖고 있음을 확실하게 인식하는 것은 멋있는 삶, 성공한 삶을
위해 꼭 필요한 삶의 자세임을 시인은 알려주고 있다.
　월 스트리트의 성공한 기업가들은 회사에서 낮은 지위에 있는 사
람에게도 특별한 관심을 표시한다. 그래서 경비나 안내원들에게 친
밀하게 어깨도 두드려주고 그들의 이름first name을 불러주기도 한다.

넓은 마음으로
용서하고 이해하며

진실한 사랑으로 함께해주며

남을 용서한다는 것은 매우 어려운 일이다. 자기 자신을 자책하지 않고 용서하는 것도 마찬가지다. 『용서의 심리학』의 저자 폴 마이어는 용서는 선택이며 제2의 천성으로 습관화시켜야 한다고 역설하고 있다. 그래야만 자유를 얻을 수 있고, 행복한 인생이 된다고 한다.

미국 작가 맥코트는 분노하면서 원한을 푸는 것은 내가 독을 먹고 남이 죽기를 기다리는 것과 같다고 한다. 시인은 용서라는 멋진 선택을 택하여 자유를 얻어 살아가기를 권유하고 있다.

욕심을 버리고
조금은 손해 본 듯이 살아가면 된다네

자그마한 사업을 하거나 투자를 할 때도 손해를 보지 않으려는 손실 회피loss aversion 심리가 앞선다. 이러한 심리가 손실을 막고 이익을 내는 데 도움이 되는 것도 사실이다. 그러나 너무 지나칠 경우는, 오히려 손실을 최소화하는 데 걸림돌이 되고 상대방과의 관계에도 부정적인 영향을 미친다.

A라는 회사에 10개의 상품이 있을 경우, 6~7개는 그저 본전을 하고, 1~2개는 손해를 보고, 이익을 내는 것은 그저 2~3개의 상품에 지나지 않는 것이 평균적인 상황이다. 사업하는 사람은 되도록 손

해 보는 상품의 수를 줄여야겠지만 모든 상품에 이익을 내려고 하는 것은 시장이나 경쟁자가 받아들이기 어렵다. 모 대기업이 잘 안 팔리는 상품을 협력 회사에 밀어내기를 하여 사회적으로 큰 물의를 일으켰던 것이 하나의 사례가 되겠다.

어느 개인이 B라는 사업에 투자하였다고 하자. 꼭 금전적인 부분만이 아니라 시간 또는 정신적 투자도 포함된다. 그런데 전망이 없어진 상황에서도 이미 투자한 것이 아까워서 정리를 못 하게 되는 경우가 종종 있다. 이러한 심리를 매몰비용오류sunk cost fallacy라고 한다. 이럴 때는 욕심을 버리고 과감히 정리하여 추가 손실을 막고 새로운 기회를 찾아야 할 것이다.

우리는 모든 것에서 손해를 안 보고 살아갈 수 없다. 때로는 상황에 따라 손해도 보며 살아갈 것을 시인은 권유하고 있다.

그렇게 생각하면 상대방과의 관계에도 숨통이 트이게 되고 세상살이가 신나게 되는 것이라고 가르쳐주고 있다. 그러나 각박한 현실을 살아가고 있는 생활인으로서 그게 그리 쉬운 일은 아니다. 그렇지만 이러한 마음과 그 효과를 실제로 한 번이라도 경험하게 되면 달라진다. 조금은 손해 본 듯 살고 보니 모든 문제가 잘 풀리고 결국은 세상을 신나게 살 수 있다는 것을 한 번이라도 경험해본다면, 그는 시인이 가르쳐주는 멋있게 살아가는 법을 체득한 것이라고 하겠다.

다시 한번 이야기하지만, 무엇보다 한 번이라도 경험해보는 것이 매우 중요하다.

비목碑木

한명희

초연硝煙이 쓸고 간
깊은 계곡 양지 녘에
비바람 긴 세월로
이름 모를 비목이여
먼 고향 초동初動 친구 두고 온 하늘가
그리워 마디마디 이끼 되어 맺혔네

궁노루 산울림
달빛 타고 흐르는 밤
홀로 선 적막감에
울어 지친 비목이여
그 옛날 천진스런 추억은 애달파
서러움 알알이 돌이 되어 쌓였네.

한명희 소위가 「비목」의 노랫말을 지은 사연은 무척이나 감동적
이다. ROTC 출신인 한명희 소위가 근무한 곳은 지금의 평화의 댐이
건설된 화천 북방으로 6·25전쟁의 최대 격전지였다. 휴전선 최전방
에 위치한 사단 수색중대의 초소장이 된 한명희 소위는 경계를 책
임지는 구역을 수시로 순찰을 돌아야 했다. 어느 날 한 소위는 순찰
도중 우연히 돌무덤에 묘비를 대신하여 박혀 있는 비목碑木을 발견
하고 생각에 잠긴다. 이 돌무덤에 묻힌 병사가 6·25전쟁 때 그와 같
은 이 땅의 젊은이였을 것이라는 생각이 들자, 그냥 지나칠 수 없어
깊은 상념에 빠졌다고 한다.

　음대 출신인 그는 전역 후 TBC 방송에 음악전문 PD로 근무하던
중, 작곡가 장일남으로부터 가곡에 쓸 가사를 지어달라는 부탁을 받
고 군복무 시절 우연히 보게 된 돌무덤 위의 비목을 떠올리며 노랫
말을 지어주었는데 그것이 바로 「비목」이다.

　　초연硝煙이 쓸고 간
　　깊은 계곡 양지 녘에

비바람 긴 세월로
이름 모를 비목이여

필자 역시 ROTC 장교로 제대를 하고 몇 년이 지난 70년대 초, 어느 TV 드라마의 배경음악으로 사용된 「비목」을 처음 들었다. 곡도 좋았지만, 그 노랫말이 너무나 가슴에 와닿았던 기억이 있다.

이 가곡의 가사는 노랫말이기 이전에 가슴을 뭉클하게 하는 아름다운 한 편의 시다. 이런 시는 아무나 쓸 수 있는 것이 아니다. 아무리 시문학을 공부하고 문학적 감성이 풍부하다고 해도 이렇게 감동적으로 쓸 수는 없다. 거기에는 특별한 사연이 있었을 것이다. 짐작건대 「비목」이라는 명작이 나오기까지는 다음과 같은 몇 가지 상황이 역할을 했을 것이다.

첫째, 한 소위는 6·25전쟁을 직접 참전하지는 않았지만, 그 치열함과 참상을 목격한 세대이다.

둘째, 그는 최전방 수색중대에서 소대장으로서 젊은 병사들과 직접 살을 부대끼며 취침 시간을 제외하고는 온종일 생활을 같이하는 초급 지휘관이었다. 감수성이 풍부한 20대 청년으로서 아마도 그는 부하 병사들의 마음을 잘 이해하고 아끼는 지휘관이었을 것이다.

셋째, 그는 돌무덤의 주인공인 무명의 병사에게 무한의 애정을 느꼈을 것이고, 꽃 같은 젊은 나이에 쓰러진 젊은이에게 통상의 애도를 넘어 그 혼백과 대화하며 그를 달래주는 속 깊은 마음을 가진 청년 장교였을 것이다.

비극적인 6·25 전쟁을 소재로 하여 지은 노래들이 많이 있지만, 「비목」의 노랫말이 가장 품격 높은 감동을 준다. 아마도 그 이유는 전문적인 작사가가 머릿속의 상상으로만 쓴 것이 아니고 실제로 현장을 체험하고 동류의식을 느낀 젊은 장교가 지은 노랫말이기 때문일 것이다.

우리 현대사의 비극을 목격한 젊은 장교의 '비목'에 대한 무한한 애정과 깊은 동류의식이 어우러져서 우리나라 가요사歌謠史뿐 아니라 문학사文學史에서도 빼놓을 수 없는 노랫말과 시어詩語가 탄생된 것이다.

화살과 노래

H. 롱펠로

나는 공중을 향해 화살을 쏘았지만,
화살은 땅에 떨어져 어디 갔는지 알 수 없었네,
너무 빨리 날아 눈이
그것을 따라잡을 수 없었기 때문이지.

나는 공중을 향해 노래를 불렀지만,
노래는 땅에 떨어져 어디 갔는지 알 수 없었네,
아무리 날카롭고 강한 눈이 있어도,
날아가는 노래를 어찌 쫓을 수 있겠는가?

아주 오래 지난 후에, 나는 참나무 속에서
화살을 찾았네, 아직 부러지지 않은 그것을,
그리고 노래도, 처음부터 마지막까지,
친구의 가슴속에 있는 것을 다시 찾아냈지.

The arrow and the Song

Henry Wadswarth Longfellow

I shot an arrow into the air;
It fell to earth, I knew not where;
For, so swiftly it flew, the sight
Could not follow it in its flight.

I breathed a song into the air;
It fell to earth, I knew not where;
For, who has sight so keen and strong
That it can follow the flight of song?

Long, long afterward, in an oak
I found the arrow, still unbroke;
And the song, from beginning to end,
I found again in the heart of a friend.

아주 오래 지난 후에, 나는 참나무 속에서
화살을 찾았네, 아직 부러지지 않은 그것을,
그리고 노래도, 처음부터 마지막까지,
친구의 가슴속에 있는 것을 다시 찾아냈지.

H. W. 롱펠로(1807~1882)는 미국 국민의 많은 사랑과 존경을 받은 시인이다. 링컨 대통령이 백악관에서 그의 시 낭독을 듣고 눈물을 흘렸다는 일화가 있다.

필자는 이 시를 중학교 영어 교과서에서 처음 접하였다. 중학생이 이해하기는 그리 쉽지 않은 작품이나, 아마도 구사된 단어들이 그리 어렵지 않아 중학교 영어교재로 사용된 것 같다. 그 당시 어딘지 신비스럽고 우리의 평범한 일상에는 일어날 수 없는 환상적인 느낌을 주는 시로 기억하고 있었다.

그로부터 한참 후, 시인이 말하는 바와 같이 Long, long afterward, 우연찮게 최근 모 일간지 문화면에서 이 시를 발견하고 반갑게 읽어갔다. 아주 오랜 시간이 지난 후에 부러지지 않은 화살을, 또 노래를 다시 찾은 것 같은 분위기를 맛보았다. 예술 작품의 파워가 바로 이러한 것이 아닌가 한다.

이런 일들이 어찌 예술 작품에만 있겠는가. 오래전 일이지만 특별히 감동적이었던 경험은 드라마의 한 장면같이 우리 맘속 어디엔가 고스란히 간직되어 있다가 어떤 계기를 맞이하면 불쑥 튀어나온다. 따뜻한 말 한마디, 어려운 일을 넘긴 장면, 힘든 일을 도와준 의외意外의 손길은 아무리 오랜 세월이 지나도 언제고 다시 살아날 수 있는 장면들이다.

시인은, 자기는 벌써 잊었지만 내가 쏜 화살, 내가 부른 노래가 참나무 속에, 친구의 가슴속에 그대로 남아 있음을 은유적으로 노래하고 있다. 자기가 한 말은 곧 잊어버리기 쉽고, 길어야 사흘 가지만, 남한테 들은 말은 오래오래 기억된다는 이야기이다. 긍정적인 일이야 괜찮겠지만, 어찌 생각하면 참으로 겁나는 일이 아닐 수 없다.

이와 관련하여 필자가 평소에 유의留意해야겠다고 생각하고 있는 바를 이야기해보겠다.

첫째로 초청받지 않은 충고이다. 요청이 없는데 하는 충고는 아무리 상대방을 위하는 일이라고 하여도 오히려 반감만 살 뿐이고 아무런 효과도 없다. 충고는 상대의 마음이 열려 있을 때나 효과를 볼 수 있는 것이지 초청받지 않은 충고는 오히려 상대방에게는 잘못을 지적하고 힐책하는 것으로 오랫동안 기억되기 십상이다.

다음은 보스의 승진후보자에 대한 언급이다.

보스는 자기 생각을 거리낌 없이 말하는 경향이 있다. 그러다 보니 승진 문제를 언급할 수 있다. 그러나 그 언급은 어떤 상황에서 특수한 환경에 영향을 받은 발언이거나, 또는 승진후보자에게 열심히 일하라는 다분히 전략적인 의도가 숨어 있는 발언일 가능성도 있다. 반면에 승진후보자는 너무나 기다리고 있던 발언이라, 그 진의眞意를 신중히 파악하지 못하고 가감 없이 받아들이는 경향이 있는 것 같다.

보스는 자기가 언급한 것을 기억 못 하지는 않겠지만 상황이 바뀌어 마음이 달라질 수 있다. 그러함에도 보스의 과거 발언을 액면 그대로 변함없이 굳게 믿고 있다면, 이는 비극이 되는 것이다. 그렇게 되면 조직 내에서의 행동에도 영향을 미쳐 자칫 분별없는 처신으로 주위의 신망을 잃을 수도 있다. 결국은 보스와의 간격도 멀어져 꿈을 이루지 못하는 안타까운 경우가 되는 것이다.

이 시는 100년이 훨씬 넘는 과거에 쓰였지만 지금도 전해주는 메시지는 변함없다고 생각한다. 한번 입 밖을 나간 말이나 내가 의도한 마음이 그대로 참나무 속에, 친구의 가슴속에 고스란히 남아 있다는 다소 환상적이고 몽환夢幻적인 메타포이겠으나, 오랜 세월 살아보면 우리가 사는 이 현실세계에서도 '아, 그럴 수 있겠구나' 하고 수긍하게 되는 일임을 알 수 있을 것이다.

산에 오르니

신영균

산에 오르니 바위틈엔 솔나무 하나
살만하신가 물었더니
생각해본 적이 없다 하며
그냥 쉬었다 가라 하더이다

산에 오르니 하늘엔 방랑 구름 한 조각
평안하신가 물었더니
있음과 없음이 하나이니
평안과 고생이 똑같다 하더이다

산에 오르니 만나면 좋은 사람
언제 또 만날까 물었더니
만남과 헤어짐도 하나라며
그냥 웃기만 하더이다

우리는 하루 대부분을 콘크리트 건물들 속에서 보낸다. 주거생활이 자연과 격리되어 있는 콘크리트 아파트에 사는 비율이 60%를 넘고 있다. 자연과 점점 멀어지는 생활을 하고 있는 것이다. 특히 직장인들은 콘크리트로 지어진 빌딩 사무실에서 많은 시간을 보낸다. 그러다 보니 많은 사람들이 육체적 건강과 마음을 다스리기 위해 산에 오르고 있다. 좋은 현상이다.

등산 모임은 많다. 직장 등산회, 학교 산악부 등 국민 스포츠가 되어 여럿이 같이 등산하며 즐긴다. 그러나 때로는 홀로 등산하는 것을 권하고 싶다. 홀로 하는 등산에는 장점이 많다.

첫째, 자기 체력에 맞게 걸으므로 무리를 안 하게 된다.

둘째, 힘이 덜 든다. 옆 사람과 떠들면서 산에 오르는 것은 육체적으로 에너지 소모가 크고 조용한 등산 분위기도 해치는 일종의 공해公害가 된다.

셋째, 가장 중요한 것으로 대자연과 조용히 대화할 수 있는 기회를 가질 수 있다는 것이다.

태초에 우주 탄생big-bang 과정에서 우리 몸속에 있는 철, 마그네

슘, 탄소 같은 원소가 생겼고 그 후 많은 시간이 지나며 돌, 나무, 산과 바다 등 현재 우리가 보고 있는 자연환경과 인간이 태어나게 되었다. 그러다 보니 솔나무, 느티나무의 DNA는 인간과 50% 이상이 같다고 한다. 이처럼 원재료인 DNA의 상당 부분이 같으므로 서로 대화도 할 수 있는 것이다.

그렇기에 이 시는 바위틈의 솔나무, 구름 한 조각 같은 자연과의 대화록對話錄이라고 할 수 있겠다.

한 걸음 더 나가면 자연물과의 대화뿐 아니라 인공물人工物과의 대화도 상상할 수 있다. 내가 애용하는 물건, 예를 들면 자동차에게도 "좋은 차이다. 잘 부탁한다."라고 격려의 메시지를 보내는 것, 해害될 것이 없을 것 같다.

산악인들이 이른 봄에 지내는 시산제나 일반인들이 집들이나 회사 창립식에서 고사告祀 지내며 축원하는 것을 미신이라고만 할 것이 아니다. 미래와 대화를 하는 것으로 생각하면 될 것이다.

군대 가는 아들이나 입학시험을 앞둔 딸을 위한 어머니의 정성스러운 장독대 위 깨끗한 물 한 그릇도 눈에 보이지 않는 차원의 다른 세계와 소통하는 방법인 것이다. 사극史劇을 보면, 궁중 여인들이 남몰래 저주를 하다가 발각되면 엄하게 처벌받곤 하는데 당연한 처사였다고 생각한다. 그것을 단순히 미신이라고만 볼 수 없기 때문이다. 학교에서 배운 제한된 공부만 가지고 판단할 일은 아닌 것 같다.

이 시와 함께 걸으면서 따사로운 햇살, 흐르는 구름, 파릇한 새순이 돋는 구상나무, 화사한 꽃이 만발한 벚나무, 황금빛 단풍이 든 느티나무, 듬직하게 잘생긴 바위와 짧은 대화라도 나눠보는 것은 어떨는지요.

감사하다, 멋있다, 이쁘다 등 격려의 메시지를 보내면 그 반응으로 대자연의 기氣가 몸과 마음속에 들어와 기분이 상쾌해질 것이다.

참 좋은 당신

김용택

어느 봄날
당신의 사랑으로
응달지던 내 뒤란에
햇빛이 들이치는 기쁨을
나는 보았습니다
어둠 속에서 사랑의 불가로
나를 가만히 불러내신 당신은
어둠을 건너온 자만이 만들 수 있는
밝고 환한 빛으로 내 앞에 서서
들꽃처럼 깨끗하게 웃었지요
아,
생각만 해도
참
좋은
당신.

아,
생각만 해도
참
좋은
당신.

이 시의 하이라이트는 바로 이 구절이다.

'참 좋은 당신'의 이미지는 사랑의 감정이 있어야 느껴지는 감정이다. 사랑은 에너지가 가장 큰 감정이며 기氣가 가장 강해지는 의식意識이기도 하다. 그러므로 슬플 때나 기쁠 때나 '참 좋은 당신'은 생각만 해도 기분 좋아지게 만드는 신비한 힘을 지닌다. 모든 것을 녹일 수 있고 포용할 수 있는 마음을 만드는 신통방통한 힘이 사랑이고 그 마법의 대상이 바로 '참 좋은 당신'이다.

어느 초겨울 혜화동 성벽 길을 가는 도중에, 혜화초등학교 담장 옆에 인공ㅅㅗ으로 만든 아치형 꽃길을 걸었다. 그 꽃길에 시가 쓰인 패널들이 걸려 있었다. 무심코 김영랑의 「모란이 피기까지는」과 서

정주의 「국화 옆에서」를 읽는 순간 가슴에 뜨거운 무엇이 솟아오르는 감동을 느꼈다. 아! 내가 왜 지금까지 이러한 멋있는 시의 세계를 모르고 살았는가 하는 탄식이 절로 나왔다. 한밤중에 무심코 커튼을 열자마자 바로 달빛에 쏘인 것 같은 짜릿한 순간이었다. 그 후 내게 시는 '참 좋은 당신'이 되었다.

이처럼 '참 좋은 당신'의 대상은 이성異性만은 아니다. 사춘기를 지나 성인이 되고 성숙한 나이가 되면 그 대상이 넓어진다. 좀더 강조한다면 넓어져야 한다. 관점을 바꾸면 사람만이 아니라 어떤 무형의 사물, 어느 순간, 어떤 경험도 훌륭한 '참 좋은 당신'이 될 수 있다.

예를 들면 어렵게만 생각했던 일을 해결한 순간, 백운대 정상에서 보는 일출, 봄날 꽃비가 내리는 숲길, 마음 맞는 사람과 나누는 유쾌한 대화, 가슴에 와닿는 시구, 감동적인 연극이나 영화의 한 장면 등 일일이 열거할 수 없을 정도로 많다.

미래의 모습도 대상이 된다. 마음껏 상상할 수 있다. 여름휴가 계획, 승진한 내 모습, 건강해진 내 모습 등 마음속으로 그리기만 하면 얼마든지 만들어낼 수 있다.

세상의 모든 것들은 좀 극단적으로 보자면 둘로 나눌 수 있다. 하나는 생각만 해도 얼굴에 미소가 번지고 기분이 좋아지는 '참 좋은 당신'이고 다른 하나는 생각만 해도 힘들고 얼굴이 찡그려지는 '참 힘든 당신'이다.

당신은 생각만 해도 '참 좋은 당신'을 얼마나 갖고 있는지요.

세상 만물은 나름대로 존재 이유가 있고 가치가 있다. 모두가 자기만의 특징을 갖고 존재한다. 어느 것 하나 무시하고 소홀히 할 수 없다. 그렇다고 모든 것에 관심을 갖고 '참 좋은 당신'으로 만들 수는 없다. 되도록이면 '참 힘든 당신'은 줄여가되 '참 좋은 당신' 리스트를 두텁게 하는 것이 차선책이다. 그 목록은 연륜과 삶의 깊이에 따라 더 많이 축적될 것이다. 그러다 보면, 험한 세상 힘들고 어려울 때 하나씩 꺼내서 쓸 수 있고 그것이 당신의 행복지수도 높여줄 것이다.

아! 생각만 해도 '참 좋은 당신'은 생활의 활력소이자 이 세상을 살 맛 나게 하는 존재인 것이다. 마음먹기에 따라 얼마든지 새로 만들 수 있고, 다른 사람의 눈에 보이지 않는 존재이므로 많이 갖고 있다고 누구에게 시비당할 일도 없을 것이다.

이러한 모든 것들이 당신을 사랑의 불가로 가만히 불러내는, 생각만 해도 '참 좋은 당신'이 아닐까요.

우연히 말하다 [偶言]

석견루 이복현

깨달으면 죽어도 괜찮으니	朝聞夕可
어찌 군자가 아니겠는가	非君子歟
진실로 내 마음 여기에 있으니	允出茲在
그 즐거움 참으로 크도다	其樂只且

깨달으면 죽어도 괜찮으니
어찌 군자가 아니겠는가

깨달음만큼 중요한 것이 어디 있겠는가. 인류역사상 4대 성인聖人
이라고 추앙받고 있는 붓다, 공자, 소크라테스, 예수께서도 성인이
기에 앞서 깨달은 분이라고 생각한다.

그다음은, 그럼 무엇을 깨달으셨는지가 궁금하지 않을 수 없다.
글쎄요. 생각의 급수가 낮은 보통 사람이 성인들의 깨달음을 감히
헤아릴 수 없겠지만, 아마도 우주의 원리, 인생의 원리를 알아차리
시지 않았는가 추측해본다.

깨달으면 관점이 바뀌고, 그렇게 되면 생각의 틀frame도 변하게 된다.
그러다 보면 가야 할 길이 눈에 보이고, 또 그 길을 묵묵히 가다 보
면 자기도 모르게 일이 잘 풀리고, 행복해지지요.

진실로 내 마음 여기에 있으니
그 즐거움 참으로 크도다

석견루石見樓 이복현李復鉉은 조선왕조 후기의 문인文人으로서 많은 한시漢詩를 남겼다. 위의 시는 현재 규장각뿐 아니라 일본 대학도서관에도 보관되어 있는 『석견루시초石見樓詩抄』에 수록되어 있는 작품 중 하나이다.

그는 87세(1767~1853)까지 장수하였으며 고성군수, 청풍부사 등 50여 년 넘게 지방 고을 청백리로 봉직하면서 많은 작품을 남겼다. 비록 높은 벼슬은 못 했으나 당대 최고의 문인, 명사들과 교류하였다. 추사 김정희, 김조순, 이만수, 서영보 등과 한시를 주고받았으며 그들로부터 극찬을 받았다.

벼루를 얻는 꿈을 꾸고 나서 한자로 벼루硯를 의미하는 석견루石見樓라고 자신의 호를 이색적으로 짓는 등 생활 속에 멋이 배어 있는 문인이었음을 알 수 있겠다.

『석견루시초』에 수록된 작품(한글로 변역되었음)을 보면, 그는 생의 마지막 해인 87세를 맞이하면서 「정월 초하루 아침에 쓰다元朝試書, 第八十七歲」라는 시를 지었듯이 마지막까지 작품 활동을 멈추지 않았다. 세상사에 대한 그의 생각과 담백淡白한 인품을 작품 속에서 그대로 보여주고 있으며, 꽃도 담백한 수선화水仙花를 특히 좋아하였다고 한다. 요샛말로 표현하면 그는 워라벨(work and life balance)과 소확행(小確幸. 작지만 확실한 행복)을 추구하는 삶을 몸소 실천했다고 하겠다.

깨달음에 대하여 "진실로 내 마음 여기에 있으니 그 즐거움 참으로 크도다"라는 시상詩想이 마음속에 떠오른다는 것은, 참으로 아무나 도달할 수 없는 높은 수준의 의식意識의 표현이고, 자기 혼자 간직하고 싶은 마음일 것이다. 그러나 이미 연세가 80대 후반에 접어든 석견루는 이런 제약을 어느 정도 넘어선 입장에서 세상사를 바라보았을 것으로 추측된다.

그러다 보니 부드럽고 가벼운 기분이 드는 '우연히 말하다'라는 제목의 시 마지막 부분에, 남겨두고 싶은 자기 생각의 핵심을 슬쩍 집어넣은 것 아닌가 한다. 마치 영화감독이 잠시 카메오로 깜짝 출연하는 기분 같은 느낌 말이다.

약 200여 년 전에 쓰인 작품이지만, 그동안 세상은 현기증 날 정도로 빠르게 변화해왔으나 깨달음, 진실, 즐거움 같은 마음의 본성本性은 그때나 지금이나 변한 것이 없음을 알려주고 있다. 이런 점이 이 시의 가치를 더 높여주고 있다고 생각한다.

임께서 부르시면

신석정

가을날 노랗게 물들인 은행잎이
바람에 흔들려 휘날리듯이
그렇게 가오리다
임께서 부르시면……

호수에 안개 끼어 자욱한 밤에
말없이 재 넘는 초승달처럼
그렇게 가오리다
임께서 부르시면……

포근히 풀린 봄 하늘 아래
굽이굽이 하늘가에 흐르는 물처럼
그렇게 가오리다
임께서 부르시면……

파―란 하늘에 백로가 노래하고

이른 봄 잔디밭에 스며드는 햇볕처럼
그렇게 가오리다
임께서 부르시면……

호수에 안개 끼어 자욱한 밤에
말없이 재 넘는 초승달처럼
그렇게 가오리다
임께서 부르시면……

시인이 20대 중반 풋풋한 문학 청년기였던 1931년 《동광》에 발표
한 작품이다. 마치 한 폭의 수채화처럼, 오래된 흑백영화의 한 장면
처럼 머릿속에 그림이 그려진다. 일제 치하의 젊은 지식인으로서 아
무것도 할 수 없었던 암울한 시기에 오로지 문학과 자연에 심취한
시심詩心이 너무나 아름답다.

숙면을 위해서는 잠자리에 누운 뒤 5분이 매우 중요하다. 하루 중
가장 행복한 일을 생각하는 것이 좋다. 그러나 특별히 떠오르는 일
이 없을 때는 이 시의 한 구절 "말없이 재 넘는 초승달처럼 그렇게
가오리다"를 마음속으로 암송해본다.

마음이 푸근해지면서 어머니와도 같은 절대자絶對者*에게 모든 것
을 맡기는 그런 기분이 든다. 그러다 보면 뇌에서도 멜라토닌과 세

로토닌이 분비되어 잠이 쏟아지는 행복한 숙면을 하게 된다. 시 한 수가 명약名藥이 되는 순간이다.

시인이 말하는 임은 누구일까?

사랑하고 그리워하는 사람이나 해방된 조국, 또는 절대자일 것이다. 아니 그 모두가 정답일지도 모른다.

임이 왜 부르시는지 알 수 없지만, 임에 대한 절대적인 신뢰가 있어야만 의심 없이 그저 순종하며 따르게 된다. 그런 임은 아무래도 절대자가 아닐까 한다. 임이 부르실 때 소리치고, 환호하며 달려갈 수도 있겠지만 깊은 신뢰가 쌓인 관계라면 말없이 재 넘는 초승달처럼 가는 것이 더 진실된 모습인 것 같다. 임께서 부르시면 아무 말 없이 재 넘는 초승달처럼 갈 수 있는 사람은 행복한 사람이다. 그런 사람은 평소에도 행복지수가 높은 사람이고, 인생의 결정적인 순간에 모든 것을 받아들이고 떠날 수 있는 사람이다.

그러나 이러한 마음을 갖기가 그리 쉬운 일은 아니다.

마음이 계산과 분석을 하는 좌뇌의 디지털적인 사고에서 우뇌의 감성적이고 아날로그적인 사고로 전환되어 생각의 차원이 달라져야 한다. 그제야 임께서 부르시면 말없이 재 넘는 초승달처럼 신뢰하고 따라가게 되는 것이다. 이러한 마음을 종교나 철학에서는 두꺼운 책으로 가르치고 있지만, 짧은 시구 하나로 스스로 느끼며 배울 수 있는 것이 시문학인 것 같다.

이른 봄 잔디밭에 스며드는 햇볕처럼

그렇게 가오리다

임께서 부르시면……

  위의 시구를 조용히 암송하고 나면 마음은 벌써 감성적으로 바뀌는 듯하다. 사람의 마음이란 그런 것이다. 생각의 차원이 달라지고 있는 것이다. 고집 세고 욕심 많은 마음이 이른 봄눈 녹듯 사라지게 된다. 이렇듯 짧은 시구 하나로.

  * 절대자: 신神, 하느님, 창조주

국화 옆에서

서정주

한 송이의 국화꽃을 피우기 위해
봄부터 소쩍새는
그렇게 울었나 보다

한 송이의 국화꽃을 피우기 위해
천둥은 먹구름 속에서
또 그렇게 울었나 보다

그립고 아쉬움에 가슴 조이던
머언 먼 젊음의 뒤안길에서
인제는 돌아와 거울 앞에 선
내 누님같이 생긴 꽃이여

노오란 네 꽃잎이 피려고
간밤에 무서리가 저리 내리고
내게는 잠도 오지 않았나 보다

한 송이의 국화꽃을 피우기 위해
봄부터 소쩍새는 그렇게 울었나 보다

국화는 전형적인 가을꽃이다. 예쁘다기보다 기품이 있고 우아한 꽃이다. 봄이나 여름에 피는 꽃이 아니고 찬서리를 맞아가며 가을에 들어서야 피는 원숙한 꽃이다. 봄에는 이파리가 새롭게 돋고, 여름에도 푸르름을 유지하지만 정작 꽃은 한참이 지나 가을에서야 핀다.

어느 친구가 결혼 40주년 파티에서 자기 아내를 위하여 이 시를 암송하였다. 그는 젊은 시절 무척 가난하여 힘겨운 결혼을 하였다. 고생도 하였지만 열심히 살아 사업에도 성공하였다. 결혼 40주년을 맞이하여 지금까지 인내하며 내조를 해준 아내에게 바치는 헌정시로 「국화 옆에서」를 택한 것이다.

백 마디의 말보다 이 시의 한 구절이 아내를 감동시켰을 것이다.

필자는 이 시를 택한 그의 안목에 찬사를 보냈으며 이 시의 암송이 그가 아내에게 전하는 어떤 선물보다도 값지게 느껴졌다. 이것이 바로 명시名詩의 힘인가 보다.

그립고 아쉬움에 가슴 조이던
머언 먼 젊음의 뒤안길에서
인제는 돌아와 거울 앞에 선
내 누님같이 생긴 꽃이여

미당未堂이 20대 초 어떻게 이와 같은 표현을 생각했는지 그저 감탄이 앞선다. 이는 인생 항로에서 갖은 세파를 겪은 후에야 느낄 수 있는 감정이기 때문이다.

파란만장한 인생을 살아온 『그리스인 조르바』의 저자 니코스 카잔차키스(1883~1957)가 만년에 미리 마련한 묘비명은 다음과 같다.

나는 아무것도 바라지 않는다
나는 아무것도 두려워하지 않는다
나는 자유다

그는 한때 '성자의 병'이라는 희귀한 병에 걸렸으나 그릇된 욕망을 포기하자 놀랍게도 얼굴의 발진이 말끔하게 가라앉았다고 한다. 욕망을 버리고 자유인이 되자 몸이 반응하여 치유된 사례이다. 흥미롭게도 그의 묘비명은 미당의 시구와 서로 통하고 있다. 미당이 읊은 "그립고 아쉬움에 가슴 조이던 머언 먼 젊음의 뒤안길"은 욕망을 의미하며, "인제는 돌아와"는 "나는 아무것도 바라지 않는다"라고 하는 카잔차키스의 묘비명과 의미를 같이한다. 이렇듯 사람의 마음은 능히 시공을 초월한다.

미당은 한 걸음 더 나아가 "거울 앞에 선 내 누님"이라는 표현으로 자아성찰을 암시한다. 거울 앞에 선 누님은 어쩌면 거울에 비치는 욕망에서 벗어난 자신의 모습에, 마음이 차분해지고 편안한 자유로움을 느끼지 않았을까 한다.

내게는 잠도 오지 않았나 보다

이 시구는 너무도 감성적인 표현이다. 20대 초반 천재적 시인의 감수성과 영감靈感을 여실히 드러내 보인다. 밤새 국화가 피는 것이 흥분되고, 감격스러워 잠을 설칠 정도의 상상력과 감수성이 있어야 이와 같은 명시를 쓸 수 있는가 보다.

함께 살아가는 것

김영천

크게 성공하지 못해도
사방 곳곳에 이름 날리지 못해도
그냥 살다가 가는 것조차
얼마나 아름다운가

세상에 이름 모를 갖가지 풀꽃들이
그냥 그렇게 피었다 지듯
우린 그저
함께 살아가는 것만으로도
얼마나 뜻있는 일인가

조금씩 웃고 또는 슬퍼하고
절망하는 만큼 꿈도 꾸고
그렇게 그냥 사는 것이

얼마나 사랑스러운가

그냥 살다가 가는 것조차
얼마나 아름다운가

출세 지상주의, 성공 지상주의가 우리 사회에 만연蔓延하고 있다. 거기에 한술 더 떠서 정보 사회에 이르는 금세기今世紀부터는 승자독식勝者獨食 같은 살벌한 용어까지 심심치 않게 나오고 있다. 크게 성공한 사람은 극히 소수이다. 그러면 나머지 사람들은 다 실패한 인생인가? 그렇지 않다. 또 그럴 수도 없다.

시인은 크게 성공하지 못하고 그냥 살다가 가는 것에서 아름다움을 발견하고 있다.

정도경영을 실천한 현대자동차 정세영 회장은 "비록 정상에 서지 못해도 올바른 길을 택하여 산에 오른다면 그 자체는 올바른 산행이다."라고 말한 바 있다.

이 시구와 통하는 발언이다. 비록 세상에 이름 날리지 못하고 정상에 서지는 못해도 그냥 살다가 가는 것조차도 아름답다고 시인은 가르쳐주고 있다. 그러나 한 가지 조건이 있다. 올바른 길을 가야 한다. 이러한 가르침은 이 치열한 경쟁사회에서 살아가고 있는 우리에게 꼭 필요한 생각의 틀paradigm이다. 진정한 선진국이 되기 위해서는 경제적 개념으로는 중산층, 사회적 개념으로는 시민·서민층이 두터워야 하고 그들의 삶이 아름답고 보람 있어야 한다.

우린 그저
함께 살아가는 것만으로도
얼마나 뜻있는 일인가

이 넓고 넓은 우주에 지구만큼 살기 좋고 아름다운 행성은 아직 발견되지 않았다. 이 지구도 항상 이렇게 살기 좋은 환경은 아니었고 우리가 살고 있는 현재의 시기가 예외적으로 기후가 안정된 시기이다. 바로 그런 시기에 지구에 사는 우리 모두는 축복받은 존재임이 틀림없다. 우리의 삶은 영생永生하는 것이 아니라 유한有限하기에 더욱 의미 있고 뜻있는 일이다.

서양 격언에 "Everyone is a door to a new world."라는 말이 있다. 누구나 자기 이야기를 쓰면 소설책 한 권쯤은 된다는 이야기지요. 누구나 나름대로 자기의 인생을 사는 것이며 모두가 한 편의 드라마 주인공이고 연출자인 것이다.

절망하는 만큼 꿈도 꾸고
그렇게 그냥 사는 것이

얼마나 사랑스러운가

아, 너무나 멋있는 시구이다. 단순한 시어詩語가 아니다. 이 험한
세상을 살아가는 데 꼭 필요한 키워드이고 삶의 시선이라 생각한다.
순탄하게 사는 인생이 보기 좋지만 왠지 사랑스럽다는 느낌까지는
들지 않는다.

어려운 처지에 노력하다가 때로는 좌절도 하지만 이를 극복하기
위해 절망하는 만큼 꿈도 꾸면서 살아가는 모습이 보다 대견하고
사랑스럽게 보인다.

절망하는 만큼 꿈도 꿀 수 있다는 것은, 이 세상 누구도 방해할 수
없는 고유의 권리이다. 이런 천부天賦의 권리를 포기하지 않는 삶은
사랑스럽다. 그러나 한 가지 조건이 있다. 성공하지는 못해도 무슨
일을 하든지 성실해야 사랑스럽게 보인다.

시인은 무대 밖의 아웃사이더의 눈으로 크게 성공하지 못할지라
도 절망하는 만큼 꿈도 꾸며 함께 살아가는 모습에서 아름다움과
의미를 발견하고 사랑스럽게 바라보고 있다. 이렇게 애정을 갖고 바
라보는 시인의 높은 식견과 마음에 한껏 응원을 보내고 싶다.

살구꽃 핀 마을

이호우

살구꽃 핀 마을은 어디나 고향 같다
만나는 사람마다 등이라도 치고지고
뉘 집을 들어서면은 반겨 아니 맞으리

바람 없는 밤을 꽃그늘에 달이 오면
술 익는 초당(草堂)마다 젊은 꿈도 익으려니
나그네 저무는 날에도 마음 아니 바빠라

– 『이호우 시조집』(1955)

만나는 사람마다 등이라도 치고지고
뉘 집을 들어서면은 반겨 아니 맞으리

수많은 시들 중에서 이 시가 아! 이거다 하고 필자의 눈에 띄게 된
이유는 이 시에 넘쳐흐르는 정情의 에너지 때문이다. 요즈음 같은 세
태, 사고에서는 나오기 힘든 작품이다. 그래서 이 시는 마치 어린 시
절 고향으로 시간 열차를 타고 간 것 같은 기분, 일종의 향수를 맛보
는 느낌을 준다,

이호우(1912~1970) 시인은 우리 현대사의 격동기를 남다르게 치열
하게 사신 분이다. 경북 청도의 유복한 가정에서 태어났으며 동경예
술대학을 건강 문제로 중퇴하고 귀국하였다. 그 후 정미소, 제재소
등 사업을 하였으나 성공하지 못한 것 같고 가람 이병기의 추천으
로 《시조문학》에 등단하였다. 대구 매일신문 문화부장 논설위원 등
을 역임하였다.

6.25 전쟁 직전인 1949년에 사상思想 문제로 모함을 받아 군법회의
에서 사형 선고를 받았으나 당시 대통령 공보비서관이었던 시인 김

광섭이 구명운동을 하여 풀려날 수 있었고 그 후 필화筆禍도 겪은 바 있다.

누이동생 이영도(1916~1976) 역시 그의 영향으로 시조 시인이 되어 오누이가 함께 『비가 오고 바람이 붑니다』라는 시조집을 펴낸 바 있다. 이영도 시인은 미모를 겸비한 시조 시인으로, 청마 유치환이 20년에 걸쳐 5,000여 통의 편지를 보낸 플라토닉 사랑의 당사자로서 문단에 화제가 되기도 하였다. 이 역시 오늘을 사는 우리들에게 일어날 수 없는 일이고 향수 같은 감정을 느끼게 하는 러브스토리이다.

　　술 익는 초당草堂마다 젊은 꿈도 익으려니
　　나그네 저무는 날에도 마음 아니 바빠라

그는 대학 중퇴, 사업 실패, 사형 선고, 필화 등 치열한 현실 생활을 하였지만, 원초적으로 낭만적 시인이고 그 시대가 오늘날에 비하면 그런대로 정이 많은 시대였는지라 이와 같은 작품을 쓸 수 있었으리라고 생각한다.

천국天國은 금은보화 주지육림酒池肉林이 넘치는 곳이 아니고 정이 넘치는 곳이다. 그래서 이호우 시인이 이 시에서 만들어낸 정이 넘치는 "살구꽃 핀 마을"이 바로 천국인 것이다.

속세인이 내세에 가고 싶은 곳이 천국이다.

272

그다음은 내세에 과연 천국이 있는가 하는 의문이 생긴다. 그 답은 천국은 마치 산타 할아버지 같다고 한다. 실제로 있고 없고가 문제가 아니다. 우선 있는 것이 좋다. 그렇다면 있다고 믿는 것도 괜찮은 생각이라는 이야기다.

그러나, 『천국의 발명Heavens on Earth』 저자 마이클 셔머Michael Shermer는 천국은 인간의 욕망이 빚은 판타지에 불과하다고 한다. 천국은 허구이자 인간의 발명품이라는 것이다. 그는 한 걸음 더 나가 이렇게 말한다.

"하늘나라 천국의 존재 여부는 잘 모른다. 하지만 지상에 천국은 분명히 있다. 지금 내가 있는 곳이 천국이라고 생각하고 살 수 있는 지혜가 필요하다."

이 말은 천국은 죽고 나서 가는 곳이 아니라 현세에서 만들어지는 곳이라는 뜻이지요.

1992년 12월 시인의 고향 주민들은 청도 남성현 고개에 '살구꽃 핀 마을' 시비를 세웠다. 이 시비를 세우는 주민들 마음에는 자기 마을을 이호우 시인이 창조한 '살구꽃 핀 마을'로 만들겠다는 뜻이 있었을 것이다.

끝으로 시인의 묘비명墓硬銘을 언급 안 하고 넘어갈 수가 없다.

여기 한 사람이
이제야 잠들었도다

뼈에 저리도록
인생을 울었나니

누구도 이러니저러니
아예 말하지 말라

묘비명이란 것은 돌아가신 분이 미리 만들어놓을 수도 있고 또 사후에 친지들이 만든 경우가 있을 터이나, 이 묘비명은 문구로 보아 시인이 미리 준비해놓은 것으로 추청된다. 찬찬히 음미^{吟味}해보면 이 짧은 묘비명 자체가 심금을 울리는 한 편의 시가 아닐 수 없다. 특히 "누구도 이러니저러니, 아예 말하지 말라"라고 하는 마지막 연에 주목하고자 한다.

그렇다. 자기 인생은 자기가 주인공으로 살아가는 것이다. 어느 누구도 그 속을 잘 알 수 없을뿐더러 모두 각자가 독립된 인격체이고 신이 내린 작품이기 때문이다.

이호우, 이영도 오누이 시조 시인은 「살구꽃 핀 마을」 같은 작품으로서, 또 플라토닉 러브의 당사자로서 요즘 같은 현실에서는 일어날 수 없는 판타지fantasy랄까, 전설legend을 우리들에게 선사하고 있다고 하겠다.

이래서 시인의 삶은 남다르고 아름답다.

마음속에
시 하나가
싹텄습니다

우리들의 인생살이는 힘들고 고단한 삶의 연속이지요.

그러나 지루하고 재미없고 힘들 때,

새로운 의미를 부여하면

세상을 바라보는 프레임이 바뀌게 됩니다.

진달래꽃

김소월

나 보기가 역겨워
가실 때에는
말없이 고이 보내드리오리다.

영변에 약산
진달래꽃
아름 따다 가실 길에 뿌리오리다.

가시는 걸음걸음
놓인 그 꽃을
사뿐히 즈려밟고 가시옵소서.

나 보기가 역겨워
가실 때에는
죽어도 아니 눈물 흘리오리다.

나 보기가 역겨워
가실 때에는
말없이 고이 보내드리오리다.

님을 보내는 마음을 이렇게 애절하게 승화시킬 수 있을까! 감탄이 나오는 시구다.

소월素月 김정식(1902~1934)이 1922년 《개벽》에 발표한 시이니 그의 나이 20세 약관에 쓴 것이다. 그가 이 시를 쓰게 된 데는 특별한 계기가 있었다고 한다. 그의 외삼촌과 부인의 사연이다. 그의 외삼촌은 아홉 살에 7년 연상의 처녀에게 장가를 들었다. 국내에서 고보(지금의 고등학교)를 마치고 일본 유학을 하였다. 외삼촌이 돌아올 날만을 기다리며 그 부인은 시댁의 온갖 일을 다 하면서 촌 아줌마가 되어갔다. 하지만 외삼촌은 귀국하여 집에도 들르지 않고 신의주 어느 고보 교사로 취직해 젊은 여성과 살림을 차렸다.

소월의 어머니가 방문하여 조강지처를 버리면 못쓴다고 하였으나 그는 듣지 않았다고 한다. 연상의 외숙모는 겉으로는 원망도 하지 않고 신의주 살림집에도 찾아가지 않았다고 한다. 묵묵히 며느리 도리만 하였다.

외숙모가 신의주 살림집에 찾아간들 이미 마음이 떠난 임을 어찌할 수 없었을 것이다. 그녀는 어찌 보면 현명한 여자이다. 일단은 고이 보내드리는 것이 상책이다. 그리고 그의 마음이 바뀌기를 기다리는 것이다. 그러나 애석하게도 그녀는 영영 그의 마음을 돌리지 못하였다고 한다. 외삼촌이 부인을 버린 지 1년도 못 가서 죽었기 때문이다. 소월은 이 시를 통해 외숙모의 입장에서 그녀의 원망과 미움의 마음을 심지 깊고 사려 깊은 포용의 경지까지 승화시킨 것이다.

살아가면서 중요한 일의 하나가 헤어지는 일이다. 회자정리會者定離라고, 만나면 언젠가 헤어지게 되어 있다. 어떻게 현명하게 헤어지는가 하는 것이 중요하다. 회사에서는 매년 연말이면 적지 않은 임직원이 회사를 떠나곤 한다.

필자의 경험으로는 회사와의 이별을 잘하는 사람이 그 후에 성공적인 삶을 개척하며 살아갈 확률이 높다. 행운을 잡으려면 우선 행운이 들어올 수 있는 틈을 열어놓아야 한다. 다시 말해서 마음을 비우고 평상심을 유지하고 있어야 한다.

너무 원망하거나 절망하면 행운은 도망가고 만다. 너무 애착을 갖거나 연연해하는 것은 본인의 정신 건강에도 좋지 않고, 그렇게 되면 다음에 오는 기회나 행운도 놓치기 쉽다.

280

적절한 타이밍에 포기하고 말없이 고이 보내주어야 한다고 시인은 넌지시 가르쳐주고 있다.

나 보기가 역겨워
가실 때에는
죽어도 아니 눈물 흘리오리다.

이 마지막 구절은 너무나 애절타. 반어법反語法적인 표현이지만 "죽어도 아니 눈물 흘리오리다"는 너무나 애달프고 애절하다. 시 한 구절이 우리 마음을 이토록 정화해주는가 보다. 누군가가 이런 마음을 알고 있다면 도와주고 싶은 마음이 저절로 생기지 않을까 한다. 그렇다고 해도 떠나는 임은 포기하고 다음의 행운을 붙잡을 수 있도록 도와줄 것이다.

시계

김남조

그대의 나이 90이라고
시계가 말한다
알고 있어. 내가 대답한다
그대는 90살이 되었어
시계가 또 한 번 말한다
알고 있다니까.
내가 다시 대답한다

시계가 나에게 묻는다
그대의 소망은 무엇인가
내가 대답한다
내면에서 꽃피는 자아와
최선을 다하는 분발이라고
그러나 잠시 후

나의 대답을 수정한다

사랑과 재물과
오래 사는 일이라고

시계는
즐겁게 한판 웃었다
그럴 테지 그럴 테지
그대는 속물 중의 속물이니
그쯤이 정답일 테지……
시계는 쉬지 않고
저만치 가 있었다

시계가 나에게 묻는다
그대의 소망은 무엇인가

이 시는 김남조 시인(1927~)의 연세로 보아 최근의 작품이다. 이 험난하고 굴곡진 우리나라 현대사 90여 년을 시인으로서, 교육자로서, 또 한 가정의 주부로서 굳건히 성공적으로 살아오신 노老 여류시인의 연륜年輪이 느껴지는 시이다. 인간의 욕구를 심리학자의 심리분석을 뛰어넘는 메타포로 노래하고 있다.

미국의 저명한 심리학자 매슬로(A. H. Maslow, 1908~1970)의 욕구단계이론hierarchy of needs에 따르면, 사람은 누구나 다섯 단계의 욕구 needs를 갖고 있다고 한다.

① 자아실현 욕구, ② 자아 존중 욕구, ③ 소속감과 애정 욕구, ④ 안전 욕구, ⑤ 생리적 욕구를 말한다. 그중 ③④⑤ 단계인 소속감과 애정, 안전, 생리적 욕구는 하위下位 욕구needs이고 나머지 ①② 단계인 자아실현, 자아 존중 욕구를 상위上位 욕구needs라 하였다.

매슬로는 하위욕구가 만족되어야만 비로써 상위욕구를 추구하는

것이 일반적이나 꼭 그러하지는 않다고 하였다. 또한 하위욕구 중
안전 욕구와 생리적 욕구는 일단 충족되면 더 이상 행동 에너지로
서의 힘을 상실하고, 그 자리를 상위욕구가 채우게 된다고 한다.

그러나 어떤 단계의 욕구도 상위단계의 욕구가 충족되었다고 하
여 사라지지 않는다. 다시 말하면 상위욕구가 만족된 이후에도 하위
욕구는 여전히 존재한다는 이야기다. 미국 심리학계를 대표하는 학
자로서 인간의 마음을 예리하게 통찰한 심리분석이 아닐 수 없다.

시계는
즐겁게 한판 웃었다
그럴 테지 그럴 테지
그대는 속물 중의 속물이니

시인이 말하는 사랑, 재물, 오래 사는 일은 매슬로 이론으로는 하
위욕구에 속한다. 아무리 내면에 꽃 피는 자아와 최선을 다하는 분
발 같은 상위욕구가 만족되었다 하여도 신변안전, 배고픔, 성욕, 재
산, 애정 같은 하위욕구는 여전히 존재함을 암시하는 시인의 시구는
심리학자 매슬로의 이론을 입증해주고 있다.

소망이 무엇인가 하는 질문에 사랑과 재물과 오래 사는 일이라고
대답을 수정하였다고 하여 그를 속물이라고 폄하할 수 있겠는가. 한
정된 짧은 시간을 살아가고 있는 우리 인간의 진솔한 모습일 뿐이

다. 그래서 시계, 다시 말하면 절대자絶對者도 속물이라고는 하였으나 훤히 다 이해하고 즐겁게 한판 웃고 만 것이다.

인간은 어디까지나 미약한 존재이고 성인聖人이 아니라는 이야기지요.

다시 매슬로 이론으로 되돌아가보자. 자아 존중 욕구가 충족되면 자신감과 열정이 생기고 긍정적인 자세가 된다고 한다. 특히 자아실현을 하는 과정에서 가장 황홀하고 벅찬 감동을 느낀다고 한다.

행복한 사람이 되는 경지境地이지요.

그러나 현실에 얽매여 살고 있는 보통 사람들은 이런 상위욕구 충족은 나와는 거리가 멀고, 아무나 할 수 있는 일이 아니라고 생각하기 쉽다.

그렇지 않다. 상위욕구는 하위욕구와 달리 내부적 요인에 의해서도 만족을 얻을 수 있다고 한다. 이 점에 주목하고자 한다.

필자는 정여울 작가의 글을 매우 좋아한다. 소개해보겠다.

"때로는 존재의 한계를 뛰어넘는 사랑, 인간이라는 존재 자체, 살아 있는 생물 자체, 나와 다른 모든 것들에 대한 사랑, 인생과 세계 자체를 향한 더 크고 깊은 사랑이 필요한 것이 아닐까. 사랑을 넘어선 사랑에는 어떤 집착도 없다. 다만 한 존재의 다른 존재를 향한 무한한 이해와 존중만으로 충분한, 그런 맑고 투명한 사랑이다."

이러한 마음의 상태에 이른다는 것은 어려운 일이다. 그러나 결코 불가능한 일도 아니다. "우리는 어디서 왔으며, 무엇이며, 어디로 가는가"라는 근원적이고 철학적인 질문을 갖고 조금이라도 그 답을 찾아내기 위해 노력하는 자세가 되었을 때 가질 수 있는 마음의 상태이다. 이런 마음가짐이 매슬로가 말하는 자아실현 욕구가 내부적 요인에 의하여 충족된 경우라고 하겠다.

이러한 경지에 오르면 저만치 가 있던 시계도 슬며시 미소 지어주시겠지요.

어느 날 문득

정용철

어느 날 문득 이런 생각이 들었습니다.

나는 잘 한다고 하는데
그는 내가 잘 못하고 있다고 생각할 수도 있겠구나
나는 겸손하다고 생각하는데
그는 나를 교만하다고 생각할 수도 있겠구나
나는 그를 믿고 있는데
그는 자기가 의심받고 있다고 생각할 수도 있겠구나
나는 사랑하고 있는데
그는 나의 사랑을 까마득히 모를 수도 있겠구나
나는 떠나기 위해 일을 마무리하고 있는데
그는 더 머물기 위해 애쓴다고 생각할 수도 있겠구나
나는 아직 기다리고 있는데
그는 벌써 잊었다고 생각할 수도 있겠구나
나는 이것이 옳다고 생각하는데
그는 저것이 옳다고 생각할 수도 있겠구나

내 이름과 그의 이름이 다르듯
내 하루와 그의 하루가 다르듯
서로의 생각이 다를 수도 있겠구나

어느 날 문득 이런 생각이 들었습니다.

역사를 잊거나 슬쩍 바꾸는 것은 잘못이라고 당당히 말하는, 일본이 낳은 세계적인 인기 작가 무라카미 하루키村上春樹는 달리기와 문학에 관한 그의 회고록에서 다음과 같이 말한다.

재즈 클럽 레스토랑을 경영하던 그는 서른 살을 바로 눈앞에 둔 1978년 4월 1일 오후 야구장 외야석에서 혼자 맥주를 마시며 야구를 보고 있었다. 아주 기분 좋은 봄날 맥주를 홀짝거리며 때때로 하늘을 올려다보면서 관전하던 중 야구배트로 빠른 속도의 공을 정확히 맞혀 때리는 날카로운 소리가 구장에 울려 퍼졌다. 그 순간 "그렇지, 소설을 써보자"라는 생각이 문득 떠올랐다. 집으로 가는 길, 신주쿠역의 서점에서 원고지 한 뭉치와 1,000엔 정도의 필기구를 산 것이 최초의 자본투자였다고 한다.

정용철 시인이 말하는 "어느 날 문득 이런 생각이 들었습니다"라는 시구가 연상連想되는 대목이고, 세계적인 작가가 소설을 쓰게 되는 결심을 하는 순간이다. 그렇다면 이렇게 어느 날 문득 떠오르는 생각이란 도대체 무엇인지 궁금하지 않을 수 없다.

이것이 바로 내 안의 무의식 속에 잠재되어 있던 어떤 생각 또는 idea가 이를 누르고 있던 현실적인 틀을 깨고 솟아 나온 것이다. 과거에 경험하였거나 고민하던 일이든지, 또는 전혀 생각도 해보지 않은 처음 접하는 생소한 idea일 수도 있다.

그러면 누가 이런 뜻밖의 생각을 문득 들게 하였을까? 어려운 질문이다. 이것은 아마도 인간의 심리를 연구하는 심리학자, 뇌과학을 연구하는 뇌과학자, 미시의 세계를 연구하는 양자물리학자들의 끝없는 연구 영역일 것이다. 글쎄요. 먼 조상으로부터 물려받은 DNA 또는 마음속 깊이 자리잡고 있던 우주의 마음이 아닐까 생각해본다. 남녀노소, 학식의 높고 낮음을 떠나서 누구에게나 있는 마음일 것이다.

어느 기분 좋은 봄날 무라카미 하루키가 문득 떠오른 생각으로 인생 항로를 바꾸었듯이, 이렇게 문득 떠오른 생각이 많은 사람들의 인생에 크고 작은 변화를 가져왔을 것이다. 필자 역시 어느 날 새벽 문득 떠오른 생각으로 일생일대의 전환을 한 경험이 있다.

어느 대기업에서 3년 임기의 CEO를 세 번 연임하고 8년 차를 맞이하고 있던 어느 날 새벽 잠결에 문득 이런 생각이 떠올랐다. 이제 회사를 그만두고 나 자신의 일을 해보아야겠다 하는 생각이었다. 평소에 막연히 언제고 회사를 떠날 날이 올 것이라 생각은 하였으나 회사를 그만두고 자신의 일을 해보겠다고까지 생각을 진전시켜본 적은 전혀 없던 때였다.

출근 전 아내의 동의를 구하고 아침 회의를 마친 후 사주社主에게 사임 의사를 밝혔다. 불과 서너 시간 만에 이루어진 결심과 실행이 오랫동안 일한 회사를 떠나게 된 계기가 되었다. 그 후 고맙게도 회사의 배려로 부회장, 고문으로 물러나 시간적 여유를 갖고 2년여를 보내면서 사업구상을 하여 늦은 나이에도 오늘의 자그마한 자산운영회사를 경영하게 된 것이다.

내 이름과 그의 이름이 다르듯
내 하루와 그의 하루가 다르듯
서로의 생각이 다를 수도 있겠구나

워런 버핏(Warren Buffett, 1930년생)은 《월 스트리트 저널》 기자와의 인터뷰에서 이렇게 말했다. 자기의 육체는 감가상각減價償却이 다 되어 이제는 거의 쓸모없게 되었으나 '인간 본성에 대한 이해 understanding of human nature'만큼은 일생 동안 계속 발전하고 있어, 지금의 자신은 젊은 시절보다 더 현명해지고 있다고 한다.

참으로 존경스럽기도 하고 수긍이 가는 멘트이다. 그리고 틀림없는 사실일 것이다. 왜냐하면, 고령의 나이에도 그가 CEO로 있는 버크셔 헤서웨이의 시가총액이 계속 늘어나고 발전하고 있는 것이 바로 그 자신이 총명함과 현명함을 계속 유지하고 있음을 입증立證하기 때문이다.

이 시구는 사람은 누구나 자신의 성장 과정, 당면하고 있는 처지나 입장에 따라 서로의 생각이 다를 수 있음을 새삼 가르쳐주고 있다. 워런 버핏을 현명하게 만들고 있는 인간의 본성에 대한 이해 역시, 사람은 서로의 생각이 다를 수 있음을 인정하는 데서 출발한 것이라고 생각한다.

어느 날 문득, 나는 스스로 겸손하다고 생각하는데 그는 나를 교만하다고 생각할 수도 있겠구나 하는 생각이 들었다거나 또 문득, 나는 이것이 옳다고 생각하는데 그는 저것이 옳다고 생각할 수도 있겠구나 하는 생각이 들었다면, 당신은 아직 현명함을 잃지 않고 있다고 여겨도 좋을 것이다.

삶이 그대를 속일지라도

알렉산드르 푸시킨

삶이 그대를 속일지라도
슬퍼하거나 노여워 말라
슬픔의 날을 참고 견디면
머지않아 기쁨의 날이 오리니

현재는 언제나 슬프고 괴로운 것
마음은 언제나 미래에 사는 것
그리고 또 지나간 것은
항상 그리워지는 법이니⋯⋯

러시아 낭만파 시인이자 국민 시인인 알렉산드르 푸시킨(1799~1837)은 아마도 자존심이 강하고 열정적인 성격을 가진 것 같다. 그는 아내 나탈리아를 짝사랑하는 프랑스 망명 귀족 단테스와의 결투 끝에 부상을 입고 이틀 후 사망하였다고 한다. 그는 우리나라에도 많은 독자를 갖고 있다. 서울의 중심가 소공동 롯데백화점 앞 푸시킨 광장에 한 손에는 시집, 다른 한 손에는 펜을 들고 서 있는 멋있는 푸시킨 동상이 세워져 있다.

우리나라에서 시비詩碑가 아니고 시인의 전신全身 동상銅像이 세워진 것은 아마도 처음이 아닌가 한다. 서울 한복판에 정치가나 군인이나 사업가가 아니라 시인의 동상이 세워진 것이 무척 보기 좋다. 그 동상 받침대에 푸시킨의 대표작으로 많은 한국인의 사랑을 받는 「삶이 그대를 속일지라도」가 새겨져 있어 더욱 애정이 간다.

이 시는 러시아어를 번역하는 과정에서 조금씩 차이가 나 여러 개의 번역본이 있다. 필자는 그중에서 가장 마음에 드는 번역본을 선택하였다. 필자가 대학 시절 모든 것이 부족하고 힘든 시기에 애송하였던 바로 그 번역본이다. 개인적으로 정감이 가는 이 번역본은 소공동 푸시킨 동상에 새겨진 내용과는 약간 다르기도 하다.

삶이 그대를 속일지라도
슬퍼하거나 노여워 말라
슬픔의 날을 참고 견디면
머지않아 기쁨의 날이 오리니

이 시의 한 구절 한 구절이 강한 힘을 지니고 있다. 필자가 대학 시절 유일하게 암송한 시구가 이 구절이었다. 모든 것이 부족하고 궁핍하던 시대였지만 그래도 그런대로 젊음을 구가하던 시절에, 마음을 잡아주고 위안을 주는 시구였다.

이 시구는 필자의 대학 시절이나 지금이나, 젊은이들에게, 힘든 사람들에게 던지는 희망의 메시지이다. 어떤 철학자나 종교의 가르침 못지않게 마음을 추슬러주는 힘을 갖고 있다.

어느 자매가 있다고 하자. 언니는 남을 배려하는 등 착한 성품을 가졌다. 그러나 앞날에 대해 그리 긍정적인 성격은 아니다. 반면에 동생은 자기만 알고 욕심 많은, 착하지 못한 성품이다. 그러나 앞날에 대해서는 꿈도 크고 긍정적이다. 이런 경우 우리 사회에서는 동생이 언니보다 더 잘사는 경우가 많다. 필자는 이런 현상을 우리 사회의 부조리라고만 생각하였으나, 세상을 살아가며 성공과 행복은 긍정적으로 생각하고 갈구하는 자의 것이라고 차츰 깨닫게 되었다.

잠재의식 속에 나는 잘될 것이라는 긍정의 메시지를 심어놓고 자기 일에 정진하고 있을 때, 성공과 행복은 슬며시 찾아오는 것이지요.

안타깝게도 착한 사람들 중에 긍정적이지 못한 성격을 가진 사람이 많은 것 같다. 무엇보다도 착한 사람들이 긍정적으로 생각하여, 성공하고 행복해진다면 이 세상이 좀더 살맛 나는 세상이 되지 않겠는가. 힘든 시간을 보내고 있는 젊은이들 그리고 모든 착한 사람들이 부디 「삶이 그대를 속일지라도」를 애송하면서 긍정적 마인드를 굳게 갖기를 기원한다.

암자에서 종이 운다

함민복

종소리가 멀리 울려 퍼지는 것은
종이 속으로 울기 때문이라네
외부의 충격에 겉으로 맞서는 소리라면
그것은 종소리가 아닌 쇳소리일 뿐

종은 문득 가슴으로 깨어나
내부로 향하는 소리로 가슴소리를 내고
그 소리로 다시 가슴을 쳐 울음을 낸다네

그렇게 종이 울면
큰 산도
따라 울어
큰 산도
종이 되어주어

종소리는 멀리 퍼져 나아간다네

종소리가 멀리 울려 퍼지는 것은
종이 속으로 울기 때문이라네

큰 절도 아니고 깊은 산 속에 위치한 자그마한 암자에서 울려 퍼
지는 종소리지만 널리 퍼지고 큰 산도 따라서 울게 하는 특별한 재
주가 있다. 그것은 종이 외부의 충격에 겉으로만 맞서는 소리가 아
니라 종이 속으로 울기 때문이라고 시인은 노래하고 있다.

세상을 살아가면서 가장 중요하고 힘든 일 중의 하나가 상대방을
설득하는 일이다.
종을 치는 것에 견주어 말하자면 종을 세게 친다고 종소리가 멀리
가는 것이 아니다. 특별한 방법이 필요하다. 가슴속에서 우러나오는
진실, 배려의 마음을 종소리에 담아야 하는 것이다. 그래야만 상대
방의 마음을 움직일 수 있다.
문필가인 엘리너 루스벨트Eleanor Roosevelt 여사도 같은 맥락의 이
야기를 하였다.

"To handle yourself, use your head,

To handle others, use your heart."

데일 카네기Dale Carnegie는 그의 저서 『인간관계론How To Win Friends And Influence People』에서 "상대방의 관점에서 사물을 보지 못하면 외로운 길을 가리라"라고 갈파하였다.

종은 문득 가슴으로 깨어나
내부로 향하는 소리로 가슴소리를 내고

큰 서점에 가보면 처세술에 관한 코너가 따로 마련되어 있다. 상대방으로부터 호감을 얻는 방법, 설득하는 방법 등 처세술에 관한 여러 종류의 신간 서적이 독자를 기다리고 있다. 그 많은 책들은 수많은 처세에 대한 충고와 조언을 담고 있을 것이다. 그러나 함민복 시인은 짧은 시구 하나로 그 많은 내용을 압축하고 있다. "가슴에서 나오는 소리로 종을 울리라!"고.

시인에 대한 이야기를 조금 해야 할 것 같다. 함민복은 시인으로서도 약간 특이한 분이다. 50이 넘어 늦장가를 들어 강화도에 사는 시인은 매우 선한 인상을 가졌다. 언론에서 가끔 보는 그에 관한 이야기는 재미있다. 결혼 후에서야 비행기를 처음 타보았다든지 또는 지하철역에서 전동차가 도착한 것 같아 계단을 뛰어 내려갔다가 승차장에 스크린 도어라는 것이 있어 놀랐다든지 하는 이야기들이다.

그의 강화도 인삼가게 벽에는 "이 우주에 헌법이 있다면, 그건 아마 사랑일 겁니다"라는 시구가 씌어 있다고 한다.

참으로 멋있는 시구이지요.

이런 시구는 아무한테서나 나올 수 있는 것이 아니다. 그는 무엇을 깨달은 사람임이 틀림없다. 벽에 쓰인 이 시구는 그의 아내가 손수 옮겨 적은 것이라는데, 이는 부부가 서로 마음이 통하는 행복한 가정을 꾸리고 있음을 추측하게 한다.

함민복 시인은 여러모로 행복한 사람이다.

한계령을 위한 연가

문정희

한겨울 못 잊을 사람하고
한계령쯤을 넘다가
뜻밖의 폭설을 만나고 싶다
뉴스는 다투어 수십 년 만의 풍요를 알리고
자동차들은 뒤뚱거리며
제 구멍들을 찾아가느라 법석이지만
한계령의 한계에 못 이긴 척 기꺼이 묶였으면

오오, 눈부신 고립
사방이 온통 흰 것뿐인 동화의 나라에
발이 아니라 운명이 묶였으면

이윽고 날이 어두워지면 풍요는
조금씩 공포로 변하고 현실은
두려움의 색채를 드리우기 시작하지만
헬리콥터가 나타났을 때에도

나는 결코 손을 흔들지 않으리
헬리콥터가 눈 속에 갇힌 야생조들과
짐승들을 위해 골고루 먹이를 뿌릴 때에도

시퍼렇게 살아 있는 젊은 심장을 향해
까아만 포탄을 뿌려 대던 헬리콥터들이
고라니나 꿩들의 일용할 양식을 위해
자비롭게 골고루 먹이를 뿌릴 때에도
나는 결코 옷자락을 보이지 않으리

아름다운 한계령에 기꺼이 묶여
난생 처음 짧은 축복에 몸 둘 바를 모르리

한겨울 못 잊을 사람하고
한계령쯤을 넘다가
뜻밖의 폭설을 만나고 싶다

　누구나 한 번쯤 꿈꿔보는 낭만적 그림이다. 그러나 현실에서 발생
할 확률은 매우 낮다. 그렇기에 이 시가 더욱 멋있게 느껴지고 많은
사람의 사랑을 받는가 보다.
　이 시는 여러 가지 낭만적인 요소를 골고루 갖추고 있다. 우선 아
무나하고 여행하는 것이 아니고 못 잊을 사람과 함께하고 있다. 그
리고 뜻밖의 폭설을 맞는 상황이 극적이다. 예정된 폭설이라면 재미
가 없다.
　장소도 중요하다. 대도시나 공업단지라면 효과가 반감된다. 설악
산, 그것도 내설악과 외설악을 구분하는 굽이굽이 고갯길의 정상인
한계령으로 장소를 설정한 것 또한 낭만적 분위기를 한층 돋우고
있다.

오오, 눈부신 고립
사방이 온통 흰 것뿐인 동화의 나라에
발이 아니라 운명이 묶였으면

이런 상황이라면 아무리 감정이 무딘 사람이더라도 가슴이 설레고 흥분하지 않을 수 없다. 평소 그리워하고 함께하고 싶어 하던 사람과 다른 곳도 아니고 설악산 한계령을 넘다가 예상치 않았던 뜻밖의 폭설을 만나다니! 극적인 요소가 적절히 포함된 환상적인 조합이다. 그러다 보니 시인은 발이 아니라 운명까지 이 상태로 묶여 있기를 바라고 있다.

언뜻 보아서는 운명까지 언급하는 것이 조금 과장된 것 같기도 하지만, 이런 환상적 상황에서는 충분히 이해가 된다. 결코 과장된 표현이 아닌 것이다.

나는 결코 옷자락을 보이지 않으리
아름다운 한계령에 기꺼이 묶여
난생처음 짧은 축복에 몸 둘 바를 모르리

이 행복한 순간을 방해받지 않기 위하여 결코 구조자에게 옷자락도 보이지 않겠다고 한다. 그러면서도 현실적인 면을 살짝 엿보이는데, "난생처음 짧은 축복에 몸 둘 바를 모르리"라고 하면서 이러한 눈부신 고립은 짧은 시한부임을 내비치고 있다.

이 시를 낭만적이고 멋있다고 감동하고, 언젠가 나에게도 이런 축복이 있을까 상상하게 만드는 것은, 무엇보다도 이 상황이 불가항력적이고 시한부라는 데 있다. 마음도 가벼워지는 것이다.

그러다 보니 더 낭만적으로 느껴지고 현실을 부담 없이 잠시 떠날 수 있는 짧은 축복을 맛보게 되는 것이지요.

통속적인 애정 영화나 소설에서 연인들이 현실을 팽개치고 도피하여 둘만의 고립을 잠시 즐기게 되지만 그 결과가 항상 비슷한 파국으로 끝나고 마는 것은 너무나 흔한 이야기다. 그러나 이 「한계령을 위한 연가」는 그와 같은 스토리와는 다르다. 우선 폭설이라는 뜻밖의 외부 상황에 의한 어쩔 수 없는 일탈이고, 언제고 눈은 그치고 일상의 현실로 돌아갈 것이므로, 아마도 아쉬움만을 남기는 해피엔딩으로 끝날 것이다.

이 시에는 꿈과 환상의 에너지가 가득 차 있다. 이 시와 함께 걸으면 시의 기氣를 받아 마음이 따뜻해지고 기분이 좋아짐을 느낄 수 있을 것이다.

암송하기에 다소 긴 시이므로 필자가 발췌한 부분만 암송해도 괜찮을 것이다.

시

나태주

마당을 쓸었습니다
지구 한 모퉁이가 깨끗해졌습니다

꽃 한 송이 피었습니다
지구 한 모퉁이가 아름다워졌습니다

마음속에 시 하나가 싹텄습니다
지구 한 모퉁이가 밝아졌습니다

나는 지금 그대를 사랑합니다
지구 한 모퉁이가 더욱 깨끗해지고
아름다워졌습니다.

마당을 쓸었습니다
지구 한 모퉁이가 깨끗해졌습니다

　자기 집 마당을 쓰는 일상적인 일도 지구 한 모퉁이를 쓸고 있다
고 새로이 해석하고 의미意味를 부여하면 뜻있는 일로 느껴진다. 새
벽길 청소부 일이 힘들고 고단하겠지만 지구의 한 모퉁이를 깨끗하
게 만든다고 의미를 부여하면 그래도 보람 있고 힘이 나는 일이 되
는 것이다.
　이렇듯 우리의 의식에는 손에 잡히는 실질적인 과실 못지않게 눈
에 보이지 않는 어떤 동기動機, 의미, 정신精神도 중요한 역할을 하
고 있다. 어떤 경우는 실질적인 과실보다 더 중요하게 인식되기도
한다. 이것이 바로 호모사피엔스의 특징이고 생존과 성공을 위한
DNA이다.
　유발 하라리는 세계적인 베스트셀러 『사피엔스』에서 그의 혜안을
거침없이 펼치고 있다. 호모사피엔스가 세상을 지배하게 된 것은 다
수가 유연하게 협동할 수 있는 유일한 동물이기 때문이라고 한다. 이

와 같은 협동이 가능하게 된 것은 호모사피엔스가 강, 나무, 사자처럼 눈에 보이는 것 외에도 신, 종교, 국가, 법적 제도, 유한회사 같은 눈에 보이지 않는 상상 속에서 존재하는 것들을 믿을 수 있는 독특한 능력을 가진 덕분이라고 주장한다. 참으로 일리 있는 해석이다.

이런 능력이 20만 년 전 등장한 호모사피엔스에게 어떤 힘에 의한 DNA 돌연변이가 같은 인지 혁명으로 탄생하였으며, 그 후 호모사피엔스가 네안데르탈인, 호모 에렉투스 등 다른 종을 누르고 세상을 지배하게 되었다고 한다.

시인은 마당을 쓰는 단조로운 일에 고도의 상상력을 발휘하여 지구의 한 모퉁이를 깨끗이 한다는 의외意外의 수사修辭를 동원함으로써 문학적 창조를 한 것이라고 하겠다.

마음속에 시 하나가 싹텄습니다
지구 한 모퉁이가 밝아졌습니다

시인에게 불현듯 떠오른 시상詩想이 그간 고뇌하던 한 작품을 완성하는 데 그치지 않고, 지구 한 모퉁이를 밝게 한다는 새로운 의미를 부여하고 있다.

짧은 시구 하나로 독자들에게 영감靈感을 주고 삶의 이치를 가르쳐줌으로써 지구 한 모퉁이를 밝히고 있다는 이야기지요.

이런 의미 부여가 이 어지러운 세속적인 욕망을 추구하는 세상에서도, 여전히 문학을 지망하고 시인이 되고자 하는 젊은이들이 지속적으로 나오게 하는 힘이 아닌가 한다.

이러한 새로운 의미 부여의 효과에 대하여 다른 예를 하나 더 소개해보겠다. 이는 필자의 이야기다.

직장생활에서 고위직에 오르면 방에 갇혀 활동이 줄어들게 된다. 소화도 잘 안 되고 하여 매일 아침 1마일씩 아파트 주위를 뛰기 시작하였다. 그때가 1986년 5월이었다. 건강을 위해 시작한 달리기가 몇 달 지나다 보니 시들해지기 시작하였다. 안 되겠다는 생각이 들어 스스로 새로운 의미를 부여했다.

그 당시 필자가 여행했던 곳 중 가장 먼 곳이 뉴욕이라, 뉴욕까지 6,900마일이라는 가상의 거리를 목표로 뛴다는 새로운 의미를 부여했다. 그 POWER는 강력했다.

눈이 오나 비가 오나 개의치 않고 지속할 수 있었다. 날씨에 개의치 않고 해외 출장시에도 러닝슈즈 등을 준비하고 아침 달리기를 계속하므로 연평균 300회는 달리고 있다. 2009년 5월에는 실제로 뉴욕에 가서 23년 만에 freedom Tower까지 실제 거리 1마일을 뛰었다. 그다음 날부터는 뉴욕에서 내 고향 서울을 향하여 그 가상의 거리를 매일 아침 1마일씩 꾸준히 달리고 있다. 아직 서울에서의 최종 목적지를 정하지 못했으나 그곳을 향하여 마지막 1마일도 실제 거리를 달릴 것을 꿈꾸고 있다.

이렇듯 호모사피엔스 뇌의 구조에는 뜻있는 의미 부여의 파워가 강력하다. 새로운 동기부여가 되어 열정을 지속 가능하게 만들어 준다.

우리들의 인생살이는 힘들고 고단한 삶의 연속이지요.

그러나 지루하고 재미없고 힘들 때, 새로운 의미를 부여하면 세상을 바라보는 프레임이 바뀌게 되어 보람을 느끼고 행복해질 수 있음을 시인은 은유隱喩적으로 넌지시 알려주고 있다.

무엇이 성공인가?

랠프 왈도 에머슨

자주 그리고 많이 웃는 것.
현명한 이에게 존경을 받고
아이들에게서 사랑을 받는 것.
정직한 비평가의 찬사를 듣고
친구의 배반을 참아내는 것.
아름다움을 식별할 줄 알며
다른 사람에게서 최선의 것을 발견하는 것.
건강한 아이를 낳든 한 뼘의 정원을 가꾸든
사회 환경을 개선하든
자기가 태어나기 전보다
세상을 조금이라도 살기 좋은 곳으로
만들어놓고 떠나는 것.
자신이 한때 이곳에서 살았음으로 해서
단 한 사람의 인생이라도 행복해지는 것.
이것이 진정한 성공이다.

What's success?

R. W. Emerson

To laugh often and much

To win respect of intelligent people and

the affections of children

To earn the approbation of honest critics

and endure the betrayal of false friends

To appreciate beauty

To find the best in others

To leave the world a little better,

whether by a healthy child,

a garden patch, or a redeemed social condition

To know even one life has breathed easier

because you have lived

This is to have succeeded.

R. W. 에머슨(1803~1882)은 미국 보스턴에서 7대에 걸친 개신교 목사 집안에서 태어난 사상가이며 시인이다. 이 글을 우연히 모 경제 신문 문화면에서 보게 되었다. 그때 필자는 가장 바쁘게 직장생활을 하던 40대였다. 그 내용이 너무나 마음에 와닿아 스크랩하여 지갑에 넣고 다녔었다. 지갑에 넣은 신문 용지가 오래갈 수 없었고 얼마 동안 넣고 다니다가 슬그머니 없어져버린 것으로 기억된다. 그 후 한참 시간이 흘러 시간적 여유가 생기는 나이가 되었고, 어느 날 문득 젊은 시절에 읽었던 에머슨 글이 떠올랐다. 인터넷 덕분에 에머슨을 검색하여 이 귀한 글을 다시 보는 기쁨을 갖게 되었다.

「무엇이 성공인가?」라는 이 글은 시라기보다는 명문에 더 가까운 글이다. 문장 하나하나가 사리가 명백하고 가슴에 새겨두어야 할 교훈의 글이다.

To know even one life has breathed easier

because you have lived

짧은 글이지만 어느 문장 하나도 소홀히 생각할 수 없을 만큼 모든 내용이 사려 깊다. 그중에서 가장 마음에 드는 문장 둘을 선택한다면 첫째로는 위의 문장을 뽑겠다.

사람을 평가한다는 것은 매우 어려운 일이지만, 그나마 나름의 기준을 세워놓으면 조금은 편해진다. 부지런한 사람 게으른 사람, 총명한 사람 어리석은 사람, 건강한 사람 병든 사람 등 여러 가지 기준을 생각할 수 있다.

사려 깊은 에머슨은 주위 사람에게 도움을 주는 사람과 그렇지 못한 사람으로 구분하여 단 한 사람에게라도 도움을 주는 사람을 높이 평가하였다. 그렇다. 이 험한 세상에서 어느 한 사람에게라도 도움이 된다는 것은 그리 쉬운 일이 아니다. 하지만 그것은 보람 있는 일이고 도움을 주는 그의 인생은 성공한 인생이다. 이러한 면에서 에머슨의 「무엇이 성공인가?」라는 시 가운데 위의 문장이 가장 으뜸이라고 생각한다.

To leave the world a little better,
whether by a healthy child,
a garden patch, or a redeemed social condition

두 번째로는 세상을 조금이라도 살기 좋은 곳으로 만들어놓고 떠난다는 위의 문장이다.

특히 "건강한 아이a healthy child"는 낮은 출산율이 국가적 큰 문제가 되고 있는 우리 사회에서 주목해야 할 부분이다. 육체적으로뿐 아니라 정신적으로도 건강한 자손을 갖는 것은 너무나 중요한 일이다. 사회 각 분야에서 나름대로 성공한 사람들의 성공은 본인 노력의 결과일 뿐만 아니라 그들 부모의 노력의 결과이기도 하다.

"한 뼘의 정원a garden patch"은 다소 은유적 표현이다. 자원봉사자로 자기 마을 가꾸기에 적극적으로 참여한다든가 또는 낙향하여 시골 집 텃밭을 가꾸는 일도 포함된다.

"사회 환경의 개선a redeemed social condition"은 꼭 나라의 법이나 사회 제도의 개선 같은 거창한 일만을 말하는 것이 아니고, 내가 다니는 회사나 동네 작은 모임 등에서의 규칙이나 시스템 개선도 포함된다. 또한, 사회 환경을 올바르게 개선할 수 있는 지도자를 지원하여 깨끗이 투표를 하는 행위도 훌륭한 사회 환경의 개선이다.

이 시는 100년이 훨씬 지난 시대에 쓰인 것이지만 아직도 변함없이 많은 독자들에게 감동과 가르침을 주고 있다. 그동안 세상은 빠르게 변하여 산업화 시대를 지나 정보화 시대를 넘어 지식산업화 시대에 이르렀지만, 우리 인생살이에 있어 성공의 개념은 변하지 않고 있기 때문이다. 이런 전통이랄까 정신이 우리가 사는 이 세상을 긍정적으로 볼 수 있게 하고 아름답게 만들고 있다고 하겠다.

행복의 얼굴

이해인

사는 게 힘들다고
말한다고 해서
내가 행복하지 않다는 뜻은
아닙니다.

내가 지금 행복하다고
말한다고 해서
나에게 고통이 없다는 뜻은
정말 아닙니다.

마음의 문
활짝 열면
행복은
천 개의 얼굴로

아니 무한대로

오는 것을
날마다 새롭게 경험합니다.

어디에 숨어 있다
고운 날개 달고
살짝 나타날지 모르는
나의 행복

행복과 숨바꼭질하는
설렘의 기쁨으로 사는 것이
오늘도 행복합니다.

사는 게 힘들다고
말한다고 해서
내가 행복하지 않다는 뜻은
아닙니다

　사람은 생각하는 것, 말하는 것, 행동하는 것이 반드시 일치하기
가 쉽지 않다. 때로는 세 가지가 따로 놀기도 한다. 특히 생각하는 것
과 행동하는 것이 서로 다를 경우가 많은데, 그만큼 세상사가 복잡
하고 사람의 마음 역시 간단하지 않기 때문이다.
　그래서 다른 사람의 말을 잘 새겨듣고 말하는 표정 또한 잘 살펴
야만 그 진의眞意를 알게 되는 경우가 종종 있다. 그러다 보면 세상
살이가 힘들어지기도 하지만 때로는 재미있어지기도 하는 것 같다.
　사는 게 힘들다 말한다고 해도 행복하지 않다는 것이 아니고, 행
복하다 말한다고 해서 고통이 없다는 것도 아니라는, 우리가 살면서
느끼는 복잡하기도 하고 섬세하기도 한 마음을 시인은 진솔하게 표
현하고 있다.

마음의 문
활짝 열면
행복은
천 개의 얼굴로

　마음의 문을 활짝 연다는 것은 너무나 어려운 일이다. 그것은 그냥 되는 것이 아니고 특별한 노력이 필요한데, 그 비결은 생각의 관점觀點을 바꾸는 것이다. 관점을 바꾸어야만 마음이 바뀌고, 그래야 마음의 문을 열 수 있는 여유가 생긴다.

　예를 들어, 직장생활을 하다 보면 누구에게나 경쟁자가 생기기 마련이다. 경쟁자를 내가 직장생활을 하는 데 방해가 되는 사람이라고 생각하지 말고 관점을 바꾸어 그와 함께 경쟁하면서 나도 발전해왔다고 생각을 달리하면 슬기롭게 처신할 수 있는 여유가 생긴다.

　재테크를 잘못하여 손해를 보았지만, 그 당시 다른 곳에 투자했으면 더 큰 손해를 보았을 것이라고 관점을 바꾸어보자. 마음이 편해짐을 느끼게 된다. 위기를 만났을 때도 그 위기가 나를 발전시키는 하나의 과정이라고 생각의 관점을 바꾸면 대범하게 대처할 수 있다.

　그렇다면 어떻게 해야 적절한 타이밍에 관점을 유연하게 바꿀 수 있을까? 삶에 대한 폭넓은 이해, 상대방 입장에서 생각하는 성숙한 자세를 가져야 하나 무엇보다도 현안을 객관화할 수 있는 마음가짐이 필요하다.

그러나 말이 쉽지 자기가 씨름하고 있는 현안을 객관화하기가 그리 쉬운 일이 아니다. 특히 자율신경이 관장하는 문제에 대해서는 나도 내 마음을 마음대로 할 수 없다.

그러나 솔루션은 있다. 그것은 환경과 분위기를 바꾸는 것이다. 환경과 분위기를 바꾸는 데는 여러 가지 방법이 있을 수 있겠으나 제일 효과적이고 손쉬운 방법은 자연으로 나가는 것이다. 공원길, 산책길을 걸으면 대자연과 동화되어 나도 모르게 의식 수준이 올라간다. 그런 환경과 분위기에서 현안을 생각하고 또 생각하면 문제를 객관화할 수 있는 마음가짐이 생겨 생각의 관점이 나도 모르는 사이에 슬며시 바뀌게 된다.

그러다 보면 마음의 문도 열리게 되는 것이지요.

아니 무한대로
오는 것을
날마다 새롭게 경험합니다.

이 시구를 보면 이해인 시인은 행복의 본질을 터득한 분임을 알 수 있다. 행복 심리학을 연구하는 서은국 교수는 행복은 아이스크림 같다고 말한다. 행복은 일정 시간이 지나면 반드시 녹아버린다. 우리 마음은 멋지고 행복한 일에 쉽게 적응하도록 설계되어 있다. 그래서 행복의 기쁨은 크게 한 번 느끼는 것보다 작더라도 자주 느껴야 효과가 크다. 아무리 큰 행복감이라고 해도 그 유효기간은 길어야 3개월이라고 한다.

행복은 생각의 관점을 바꾸어 마음의 문을 활짝 열었을 때 다양한 모습으로 슬며시 찾아오는 것이며, 한 방이 아니고 자주 조금씩 오는 것이 행복의 진면목임을 시인은 넌지시 가르쳐주고 있다.

남으로 창을 내겠소

김상용

남으로 창을 내겠소
밭이 한참갈이
괭이로 파고
호미론 풀을 매지요.

구름이 꼬인다 갈 리 있소.
새 노래는 공으로 들으랴오.
강냉이가 익걸랑
함께 와 자셔도 좋소.

왜 사냐건
웃지요.

남으로 창을 내겠소
밭이 한참갈이
괭이로 파고
호미론 풀을 매지요.

　김상용 시인의 이 시는 제목부터 예사롭지 않다. 도시 생활을 접
고 귀향하여 자기 나름대로 설계한 집을 짓고 약간의 전답에 직접
농사를 짓겠다는 의지를 시인은 "남으로 창을 내겠소"라는 시구에
함축하여 표현하고 있다.
　우리나라 전원시田園詩의 대표적인 작품인 이 시는 1934년 《문학》
지에 발표되었다. 1934년이면 우리나라는 산업화가 아직 시작도 되
지 못했고 국민의 90% 이상이 농민이던 농경 사회였다. 도시인이
전원생활을 동경하는 마음은 산업화 시대를 경험한 우리로서는 쉽
게 공감할 수 있다. 하지만 이 시가 발표된 그 당시에도 그런 생각을
했나, 신기하게 여겨지기도 한다.
　최근 통계에 의하면 도시화율(도시인구 집중비율)은 통계가 시작

된 1970년도에 50%였다가 이후 계속 늘어 2011년 91%로 최고치를 기록하고 나서 매년 조금씩 하락하고 있다고 한다. 이는 귀농, 귀촌 인구가 늘었기 때문이다. 앞으로 "남으로 창을 내겠소" 하며 도시를 떠나는 귀농, 귀촌 인구는 더욱 늘어날 것으로 전망된다. 김상용 시인의 전원시가 더 널리 본격적으로 사랑을 받을 때가 온 것이다.

> 구름이 꼬인다 갈 리 있소
> 새 노래는 공으로 들으랴오
> 강냉이가 익걸랑
> 함께 와 자셔도 좋소

시인은 실제로 귀농을 경험하고 이 시를 쓴 것이다. 공쯔으로 듣는 새 노래, 맛있게 익은 강냉이가 힘든 귀농 생활의 여유와 즐거움을 전하고 있어 이 시가 더욱 건강하게 느껴진다.

생활 방식이 크게 바뀌게 되는 귀농이라는 결심에는 이를 방해하는 유혹이라는 것이 나타나기 마련이지만, 시인은 단호하다. "구름이 꼬인다 갈 리 있소"라는 한마디로 그 유혹을 일축하고 있다. 농촌 생활의 어려움 등을 맞이할 때 받게 되는 심리적 괴로움을 현명하게 다스리지 못하면 그 틈을 비집고 도시 생활의 편리함 같은 유혹이 파고든다. 시인은 이를 슬기롭게도 "구름이 꼬인다 갈 리 있소"라는 시구 하나로 단호히 제압하고 있는 것이다.

"구름이 꼬인다 갈 리 있소"는 은유적이면서 단호한 표현이다. 귀농 같은 중대한 결심을 확고히 다지는 역할을 하지만, 세상사에 있어 소중유도笑中有刀*같이 파악하기 어려운 유혹을 물리치는 데도 효과적일 것이다. 그런 유혹에 마음이 어지러울 때 이 시구를 조용히 암송하고 나면 마음의 평정을 유지하는 데 도움이 될 것이다.

* 소중유도笑中有刀: 겉으로는 웃지만 속으로는 칼을 품고 있음.

국수가 먹고 싶다

이상국

국수가 먹고 싶다

사는 일은
밥처럼 물리지 않는 것이라지만
때로는 허름한 식당에서
어머니 같은 여자가 끓여주는
국수가 먹고 싶다

삶의 모서리에 마음을 다치고
길거리에 나서면
고향 장거리 길로
소 팔고 돌아오듯
뒷모습이 허전한 사람들과
국수가 먹고 싶다

세상은 큰 잔칫집 같아도

어느 곳에선가
늘 울고 싶은 사람들이 있어

마음의 문들은 닫히고
어둠이 허기 같은 저녁
눈물 자국 때문에
속이 훤히 들여다보이는 사람들과
국수가 먹고 싶다.

때로는 허름한 식당에서
어머니 같은 여자가 끓여주는
국수가 먹고 싶다

　어머니가 새삼스레 그리워진다. 아무리 늦은 저녁이라도 마다하지 않으시고 밥상을 차려주는 어머니셨다. 필자의 젊은 시절에는 통행금지가 있었다. 통행금지가 다 지나서 친구 서넛을 데리고 들어가도 배고프지 않으냐고 물으시며 싱크대, 가스 불, 전기밥통도 없던 시대, 그 불편한 부엌에서 따뜻한 떡국이나 국수를 끓여주시던 어머니 모습이 아직도 눈에 선하다.

　요즈음 집에서 아침밥도 못 먹고 회사 부근 식당에서 해결하는 직장인들을 보면 측은한 생각이 든다. 또 1식이 2식이 3식이 하는 괴담을 들을 때 웃기는 하지만 너무나 삭막하고 살맛 나지 않는 세상이라는 느낌이 든다.

　소 팔고 돌아오듯

뒷모습이 허전한 사람들과
국수가 먹고 싶다

눈물 자국 때문에
속이 훤히 들여다보이는 사람들과
따뜻한 국수가 먹고 싶다

내가 나이 들어서일까. 아니면 사는 일이 점점 각박해져서일까.
주변에서 뒷모습이 허전한 사람들을 많이 보게 된다. 전에는 팔팔했
던 사람들도 직장이나 자기 일에서 은퇴하고, 한두 번 병치레를 하
고 나면 점점 작아지고 수척해 보인다. 이런 것이 우리가 살아가는
모습이다.

시인은 세상일에 마음을 다치고 아파하는 사람들에게 따뜻한 연
민의 정을 느끼고 있다. 그래서 긴말하지 않고 그저 국수 한 그릇으
로 그들을 위로하고 있다.

사람들과 친해지는 순서가 있다. 차 한잔이라도 같이 마시면 첫인
사가 되고, 다음에 식사를 같이하면 조금 더 가까워짐을 느끼게 된
다. 코스 요리 같은 정찬보다 부담 없이 크게 격식 따지지 않고 그냥
둘러앉아서 훌훌 마실 수 있는 것이 국수이다. 사는 게 힘들고 어려
울 때 동류의식을 느끼며 긴말하지 않고 서로 이해하고 위로해주는
것이 따뜻한 국수 한 그릇 먹는 분위기이다.

그러나 한 가지 조건이 있다. 약간의 허기가 있어야 한다. 배가 좀 고파야 한다. 그래야 남의 사정도 귀에 들어오고 국수 맛도 난다. 너무 배가 부르면 배부른 포만감에 국수 맛도 모르게 되고 세상일도 잘못 이해하기 쉽다.

시인은 뒷모습이 허전한 사람들과 눈물 자국 때문에 속이 훤히 들여다보이는 사람들과 허름한 식당에서 어머니 같은 여자가 끓여주는 따뜻한 국수가 먹고 싶다고 노래하고 있다.

필자 역시 그럴 때가 가끔 있다. 국수가 먹고 싶을 때가 있다. 혼자 먹는 것이 아니고 흉허물 없는 사람과, 서로 위로를 나누고 싶은 사람과 조금 허기진 배를 따뜻한 국수를 먹으면서 채우고 싶다. 이럴 때는 화려하고 비싼 식당이 아니라 허름한 식당이 제격이고 마음이 편하다. 시인이 노래하는 바와 같이 어머니 같은 여자가 정성스럽게 끓여준다면 금상첨화錦上添花가 될 것이다.

옛날의 그 집

박경리

(전략前略)

달빛이 스며드는 차가운 밤에는
이 세상 끝의 끝으로 온 것같이
무섭기도 했지만
책상 하나 원고지, 펜 하나가
나를 지탱해주었고
사마천을 생각하며 살았다.

그 세월, 옛날의 그 집
나를 지켜주는 것은
오로지 적막뿐이었다
그랬지 그랬었지
대문 밖에서는
늘
짐승들이 으르렁거렸다.

늑대도 있었고 여우도 있었고
까치독사 하이에나도 있었지
모진 세월 가고
아아, 편안하다 늙어서 이리 편안한 것을
버리고 갈 것만 남아서 참 홀가분하다.

이 시는 박경리 선생의 사후에 발표된 유고시이다.

앞의 3연은 생략하였다. 이 책에 수록된 시는 모두 필자가 암송하는 시이다 보니 너무 긴 부분은 생략하기도 하였다.

박경리 선생은 필자가 가장 좋아하고 존경하는 소설가이다. 『토지土地』를 비롯한 박경리 선생 작품의 대부분을 애독하였다. 문학은 상상력이 제일이라고 하지만 작가의 절실한 체험이 빠진 상상력은 한계가 있고 설득력이 약하다. 그는 우리 현대사의 질풍노도와 같은 격동의 시기에 그 소용돌이를 정면으로 돌파하면서 꿋꿋이 사신 분이다. 6·25전쟁을 직접 체험했으며 민주화 과정에서도 아픔을 같이 했다. 사마천이 치욕적인 궁형宮刑을 받으면서 목숨을 부지한 것은 오로지 필생의 목표인 「사기史記」를 쓰기 위함이었듯이, 박경리 선생도 오직 책상 하나 원고지, 펜 하나로 지탱하면서 사셨다는 술회述懷가 너무나도 감동적이다.

　모진 세월 가고
　아아, 편안하다 늙어서 이리 편안한 것을

버리고 갈 것만 남아서 참 홀가분하다.

OECD 국가들의 생애 주기별 행복 곡선은 U자형으로 중년인 46세에 가장 낮고 노년에 접어들수록 행복 수준이 높아지고 있다. 아마도 개인주의가 강하므로 주위에 크게 부담을 가질 필요가 없고 평소에 은퇴 후를 꾸준히 준비해온 데다 연금 등 사회 보장도 그런대로 잘 되어 있기 때문이라고 생각된다.

반면에 《동아일보》와 《리서치 앤 리서치》의 여론 조사에 따르면 우리 사회의 행복지수는 나이가 들수록 한 방향으로 하향 곡선을 그려 60세 이상이 가장 낮다고 한다. 이는 우리 사회가 나이가 들어도 경쟁 심리가 남아 있고, 자식에 대한 걱정이 끊이지 않고, 성인병에 시달리며 사회보장제도가 미흡한 탓인 것 같다.

박경리 선생은 이런 면에서 매우 행복한 분이다. 일생을 힘들게 사셨지만, 노년에는 이러한 시를 쓰실 정도로 마음이 편안하고 인생을 달관한 경지를 가지셨다는 것이 매우 부럽기도 하다. 나이가 들수록 사람이 푸근해지고 관용을 베풀어야 하지만 현실은 그렇지 않은 경우가 허다하기 때문이다.

박경리 선생은 성공한 분이다. 그러나 겉으로만 성공한 분이 아니시다. 우리 문단의 최장기 베스트셀러 작가라는 명성에 못지않게 그의 내면이 이렇게 멋이 있을 줄이야. "버리고 갈 것만 남아서 참 홀가분하다"라는 말은 아무나 할 수 있는 말이 아니다. 인생을 마무리

하는 노년까지도 흔들리지 않고 더욱더 인격이 성숙해지는 사람만
이 표현할 수 있는 시구이기 때문이다. 이 대목에서 엘리너 루스벨
트 여사의 명언을 이야기 아니할 수 없다.

"Beautiful young people are accidents of nature.

But beautiful old people are works of arts."*

* 아름다운 젊음은 우연한 자연 현상이지만, 아름다운 노년은 예술 작품이다.

석양

허형만

바닷가 횟집 유리창 너머
하루의 노동을 마친 태양이
키 작은 소나무 가지에
걸터앉아 잠시 쉬고 있다
그 모습을 본 한 사람이
"솔광이다!"
큰 소리를 지르는 바람에
좌중은 박장대소가 터졌다

더는 늙지 말자고
"이대로!"를 외치며 부딪치는
술잔 몇 순배 돈 후
다시 쳐다본 그 자리
키 작은 소나무도 벌겋게 취해 있었다
바닷물도 눈자위가 볼그족족했다

바닷가 횟집에서 흔히 볼 수 있는 노인들의 술자리를 한 폭의 산수화처럼 아름답게 묘사하고 있다. 시인은 우리 주위에서 흔히 볼 수 있는 소소한 일도 세심하게 바라보며 그 아름다움을 노래하고 있다. 아름다움이란 어떤 사물事物이라기보다 어떤 관점, 감정, 정서가 개입되어서 만들어지는 순간이고 장면이다. 그래서 아름다움은 소유한다기보다 경험한다는 말이 적합하다고 하겠고, 아름다운 순간이나 장면을 자주 그리고 많이 경험한 사람이 행복한 사람이고 부자인 것이다.

　서울대 김난도 교수에 의하면 최근 소비 트렌드의 하나로 경험 소비가 뜨고 있다고 한다. 소유 중시의 위시리스트wish list가 아니라 경험을 중시하는 버킷리스트bucket list에 관심을 갖는 트렌드가 시작되고 있다는 것이다. 바람직한 방향이고 반가운 일이 아닐 수 없다.

　성형 미인은 생기 없는 물건 같다고 사진 심리학자 신수진은 말한다. 아름다운 외모는 생각이나 기대와는 달리 개인의 행복에 그리 큰 영향을 미치지 못한다고 한다. 지금보다 더 아름다워진다면 더 행복해질 것이라는 기대가 오히려 불행을 야기할 수도 있다고 한다.

맞는 이야기다. 겉으로 보이는 아름다움에 너무 집착하는 여성은 측은하게 보인다. 진정한 아름다움은 그 사람의 생각과 행동에서 나오는 것이지 외모의 영향력은 작은 부분에 지나지 않는다.

부동산 시장에 청담동 효과가 있다고 한다. 강남의 부촌인 청담동에서는 고급 식당의 주인이 자주 바뀐다. 거액의 돈을 고급스러운 인테리어에 투자하며 경쟁하다 보니 조금 지나면 다른 경쟁자가 더 많은 돈을 인테리어에 투자하여 더 호사스럽게 만들므로 견딜 수 없게 되기 때문이라고 한다. 반면에 강북 서촌의 토속촌 같은 오래된 음식점은 음식 맛에 다른 경쟁자가 따라올 수 없는 노하우를 갖고 식당을 경영함으로써 많은 사람의 사랑을 받는 맛집이 되어 오랫동안 번성하고 있다.

이러하듯 아름다움이란 겉으로만 보이는 것이 아니고 그 내면에 있는 가치가 만들어내고 있는 어떤 흐름이다. 그래서 아름다움은 소유하는 것이라기보다 경험하는 것이다.

시인은 바닷가 횟집에서 술잔을 돌리고 있는 노인들의 모습에서 그 내면에 흐르는 아름다움을 포착하고 그 장면을 연출, 제작하여 「석양」이라는 시로 아름다움을 창조한 것이다.

자연의 풍광을 담은 산수화에 젊은 사람이 등장하는 경우는 거의 없다. 대부분 노인들이다. 왜냐하면 노인이 어울리기 때문이다. 젊을 때는 경치가 눈에 제대로 들어오지 않는다. 너무 바쁘고 세상사의 이런 일 저런 일에 묶여 웬만한 경치는 보이지 않기 때문이다. 아무리 좋은 경치도 이를 인식하고 직접 체험하지 않으면 눈에 들어오지 않고 보이지 않는다. 없는 것과 다름이 없다. 존재하지 않는 것처럼된다. 그래서 관심을 갖고 인식하고 관찰하는 것이 중요하다.

나이 들어 좋은 것 중 하나가 바쁜 세상사에 일정 거리를 두게 되면서 이런저런 자연의 경치나 예술 작품들이 눈에 들어오는 것이다.

더는 늙지 말자고 "이대로!"를 외치면서 술잔을 돌리며 석양의 아름다움에 취해 있는 인생의 황혼기에 서 있는 노인들을 등장시킨 것이 멋스럽다. 그래서인지 이 시는 마치 한 폭의 산수화 같은 느낌이든다.

대추 한 알

장석주

저게 저절로 붉어질 리는 없다.
저 안에 태풍이 몇 개
저 안에 천둥이 몇 개
저 안에 벼락이 몇 개

저게 저 혼자 둥글어질 리는 없다.
저 안에 무서리 내리는 몇 밤
저 안에 땡볕 두어 달
저 안에 초승달 몇 날

저게 저절로 붉어질 리는 없다.

저 안에 태풍이 몇 개

저 안에 천둥이 몇 개

저 안에 벼락이 몇 개

우리나라 토종 과일은 참으로 맛이 있다. 일본, 미국, 유럽, 동남아 어느 나라보다 우리나라 사과, 배, 감, 밤, 대추가 맛이 월등히 좋다. 외국 여행 다녀와서 제일 먼저 찾는 것이 우리나라 토종 과일이다. 외국의 비옥한 토지에서 자란 과일보다 이 척박한 땅에서 자란 우리나라 과일이 맛이 월등한 데는 특별한 이유가 있을 것이다.

장석주 시인의 눈은 예리하다. 그 이유를 찾아낸 것이다. 붉어지고, 둥글어진 잘 익은 대추 한 알이 저절로 생긴 것이 아니다. 우리나라 기후, 계절만이 갖고 있는 특유의 태풍, 천둥, 벼락과 더불어 무서리 내리는 몇 밤, 땡볕 두어 달, 초승달 몇 날을 이겨내고 살아남았기 때문이다.

남들이 무심히 보고 있는 잘 익은 대추 한 알에서 시인은 이 세상살이의 기본원리를 찾아낸 것이다. 거저는 없다. 요행은 없다. 힘든 고비를 이겨내고 넘긴 자만이 그 과실을 향유할 수 있음을 은유적으로 가르쳐주고 있다.

이러한 시인의 높은 안목 역시 거저 생긴 것이 아닐 것이다. 그의 경력을 보면 소년등과少年登科라 할까. 20대 젊은 나이에 출판사의 베스트셀러 책임편집자가 되었고 그 뒤 스스로 수많은 베스트셀러를 출간하는 출판사를 경영하며 부와 명성을 거머쥐기도 하였으나 마광수 필화사건을 계기로 어려움에 처하게 되고, 결국은 출판사를 접는 등의 아픈 경험을 했지만 전업작가, 저술가로서 성공적으로 인생 후반부를 화려하게 장식하고 있다.

이와 같이 태풍, 천둥, 벼락 같은 고비를 이겨낸 시인의 안목은 잘 익은 대추 한 알도 그냥 지나치지 않고 그 속 깊은 뜻을 독자에게 선사할 수 있는 것이지요.

또 하나, 이 시와 관련해서 놓치고 싶지 않은 이야기가 있다. 시인에 의하면 그는 매년 이 시의 저작권료로 기백만 원의 수입을 올린다고 한다. 이처럼 「대추 한 알」 같은 시가 많은 사람으로부터 열렬한 사랑을 받는다는 것은 특별한 의미가 있다. 이는 우리 사회가 생각보다 급진적은 아니고, 진보적이라 하여도 보수적 색채를 띤 채 성숙한 방향으로 흐르고 있다고 여겨지기 때문이다.

장석주 시인의 문학 강연을 들을 기회가 있었다. 두 가지 메시지가 있었다. 첫째는 나이가 들수록 시와 철학에 관련된 독서를 해야 한다는 것이었고, 둘째는 시를 읽고 철학책을 읽는 것이 "뇌의 유산소운동"이라고 멋있는 비유를 했다.

나이가 들수록 시와 철학을 가까이해야 한다는 주장은 필자의 평소 생각과 너무나도 같으므로 필자의 견해를 이야기하고 넘어가야 할 것 같다. 나이가 들면 지금까지 산 나이보다 앞으로 살아갈 나이가 짧아진다. 머지않아 맞이할 다른 세계에 대해 관심을 안 가질 수가 없다.

"우리는 어디서 왔고, 무엇이며, 어디로 가는가" 하는 근원적이고 철학적인 질문에 스스로 답해야 할 때가 되었다고 생각한다. 이런 질문에 대한 답은 스스로 공부하면서 찾을 수밖에 없다. 어느 멘토가 가르쳐준들 속 시원히 승복할 수 있는 문제도 아니다. 결국은 시문학을 가까이하고 철학적 사고를 익히면서 스스로 찾아보는 것이다. 문학청년 시대는 이미 벌써 지난 일이고 문학실버가 되어보는 것이지요.

시를 사랑하고 철학을 가까이하면 뇌의 유산소운동이 되어 뇌의 노쇠화를 억제하고 치매도 예방할 수 있다는 건 가슴 뿌듯한 이야기다.

「대추 한 알」과 함께 공원길을 걸으며, 육체적 유산소운동은 물론이고, 뇌의 유산소운동도 함께하는 기쁨을 경험해보시지요.

남풍의 가는 구름

이세보

남풍의 가는 구름 한양 천 리 쉬우리라
고신孤臣 눈물 싸다가 임 계신 데 뿌려주렴
언제나 우로雨露*를 입사와 환고향還故鄉을

* 우로: 넓고 큰 은혜

남풍의 가는 구름 한양 천 리 쉬우리라

이 시조는 경평군慶平君 좌보左甫 이세보李世輔(1832~1895)의 대표적
인 유배 시조이다. 조선의 많은 문신들이 당파 싸움에 희생되어 먼
곳으로 유배돼 갖은 고초를 겪어야 했다. 좌보는 안동 김씨 일파의
전횡을 논한 일로 인하여 1860년 전라도 신지도로 유배가 되었다.
유배는 오늘날의 형벌 제도와 달리 기한이 있는 것도 아니고 해배
를 안 해주면 종신형이 되는 제도이다.

그는 조선시대에 시조를 가장 많이 지은 최다 시조 작가로서 459수
의 시조를 지었으며, 그중 78수가 신지도에서 유배 생활 3년 동안 지
은 것이다.

조선시대에 많은 사람들이 유배를 갔지만, 유배 생활에 대해 기록
을 남긴 사람은 매우 드물다. 그러나 좌보는 예외였다. 그는 유배 시
조뿐 아니라 유배 일기인 「신도일록薪島日錄」에서도 유배 생활에 대
해 자세한 기록을 남겼는데 조선시대 유배 생활을 엿볼 수 있어 흥
미롭다. 그는 유배 가기 위해서 자비自費로 무명 소복을 만들어 입었

고, 일천 량의 삯을 주고 소교小轎를 사고 교군轎軍을 얻었다고 한다.

일천 량이 그 당시 화폐 가치로 얼마인지는 잘 모르겠으나 아마도 적은 돈은 아니었을 것으로 짐작된다. 또한, 유배 가는 사람이 유배 비용을 부담한 것이 특이하기도 하다.

금부도사禁府都事 호송하에 하인을 데리고 1860년 11월 7일 유배지로 출발하였다. 안양, 천안, 금구, 나주를 거쳤고, 다시 강진에서 뱃길로 70리를 더 가서 15일 만에 드디어 유배지인 신지도에 도착했다. 지금은 신지도에도 연륙교가 건설되어 KTX, 승용차를 이용하면 하룻길이 된다. 15일이나 걸려 지금의 열 배 이상의 거리감이었을 터이니 남풍 따라 한양으로 쉬이 가는 구름이 몹시도 부러웠을 것이다.

신지도가 조선시대에는 강진현康津縣이었으나 지금은 완도군 소속이다. 완도군지莞島郡誌에 의하면 젊은 나이에 유배된 좌보는 달 밝은 밤이면 경치 좋고 모래가 곱기로 유명한 명사장明沙場 모래 위에 지팡이가 닳도록 울먹이며 망향의 설움과 유배에 대한 시조를 쓰곤 하였다고 한다. 그리하여 그곳의 지명이 명사장鳴沙場으로 바뀌고 '울모래' 전설이 만들어진 것이다. 지금은 그 고운 모래 바닷가가 해수욕장이 되어 전국적으로도 우수 해수욕장으로 선정되는 등 유명 관광지가 되었다.

그는 구름에게 남풍이 불면 그 바람을 타고 한양으로 날아가 임 즉, 철종哲宗에게 자신의 고충을 전해줄 것을 애원하고 있다. 그 소망이 통했던지 1863년 철종이 승하하고 대원군이 집권하자마자 제1호로 해금되었다. 그 후 승승장구하여 한성부판윤 형조판서 판의금부 사가 되었고, 63세에 명성황후 피살에 통곡하다 병이 되어 그해 세상을 하직하였다고 한다.

좌보는 조선의 종친이자 사대부이면서도 그 당시에는 금기시되었던 애정 시조를 가장 많이 지은 작가이기도 하다. 뿐만 아니라 좌보의 시조는 주제가 아전·수령 비판 시조, 농사 시조, 유람 시조 등 매우 다양한 것이 특징이다. 특히 조선 시조 중 관료의 부정부패, 비리를 비판한 시조는 좌보 시조 외에는 알려진 바가 없다고 한다.

문학 작품이든 일기든 간에 자신의 생각과 살아온 모습을 기록으로 남기는 것은 매우 가치 있는 일이다. 그가 고생스러운 유배 생활 중에도 이러한 시조와 일기를 남겼기에 당시 그의 생각과 삶의 모습을 후세 사람들이 알게 되고, 그의 마음을 공감할 수 있게 된 것이다.

그는 1997년 7월 문화체육부에 의해 이달의 문화 인물로 선정되기도 하였다.

실패할 수 있는 용기

유안진

눈부신 아침은
하루에 두 번 오지 않습니다
찬란한 그대 젊음도
일생에 두 번 다시 오지 않습니다

어질머리 사랑도
높푸른 꿈과 이상도
몸부림친 고뇌와 보석과 같은 눈물의 가슴앓이로
무수히 불 밝힌 밤을 거쳐서야 빛이 납니다

젊음은 용기입니다
실패를 겁내지 않은
실패도 할 수 있는 용기도
오롯 그대 젊음의 것입니다

우리 사회가 점점 성숙 단계로 접어들면서 역동성을 잃어가고 있다는 걱정이 많다. 그러다 보니 젊은이들에게 실패할 수 있는 용기를 갖게 하고 아울러 그들의 실패는 덮어줄 수 있어야 한다는 주장이 설득력을 얻고 있다.

「실패할 수 있는 용기」는 시로 발표된 것이 아니고 유안진 시인의 산문집 서문이었는데, 지난 외환 위기 때 많은 젊은이들에게 암송, 애송되었다.

이러한 점에서 이 글이 젊은이들에게 용기를 북돋아주고 격려하기에 좋으므로 이 책의 리스트에 넣었다.

유안진 시인이 가르치는 바처럼 젊은이들은 기성세대와는 달라야 한다. 실패를 두려워하지 않는 용기가 있어야 한다. 그러나 현실은 냉엄하다. 한 번 실수하고 다시 일어나는 것이 그리 쉬운 일은 아니다. 세상이 점점 빈틈이라고는 보이지 않는 무한 경쟁 시대가 되어가고 있기 때문이다. 그러니 처음부터 준비해야 할 것은 미리 준비하고 시작하는 것이 좋을 것이다.

자기가 좋아하는 일이나, 제일 잘할 수 있는 일을 선택하는 것이

유리하다거나 또는 시대의 흐름에 맞는 일을 하라는 등 관점에 따라 여러 가지 조언이 있을 것이다. 그러나 무슨 일을 하든지 간에 의사 결정 능력을 향상시켜놓는 것이 실패할 확률을 줄이는 핵심이라는 데는 의문의 여지가 없다.

돌이켜보면 필자는 지금까지 살아오면서 후회할 일을 많이 해왔기에 "어떻게 하면 보다 나은 의사 결정을 할 수 있을까" 하고 의사 결정 요령要領에 대하여 각별한 관심을 갖게 되었다.

다음의 조언들은 세상에 이미 알려진 정보들에 필자의 생각을 가미하여 편집해서 정리한 것이다.

첫째, 내 안의 무의식을 최대한 활용하는 습관을 갖는 것이 좋다.

누구나 자기 마음속에 멘토가 있고 스승이 있다. 그는 모든 것을 잘 알고 나보다 모든 것을 잘할 수 있다. 그가 바로 무의식이다. 이런 무의식을 최대한 활용해야 한다.

또한, 의식적 판단은 편파적일 수 있으나 무의식적 판단은 내가 아는 정보뿐 아니라 의식하지 못하고 있는 정보까지 활용하므로 종합적으로 판단하게 한다. 그렇다면 어떻게 무의식을 우리의 의사 결정에 최대한 활용할 수 있을까? 무의식이 역할을 할 수 있는 분위기를 만들어야 한다. 유치환 시인의 시 「마음」에서 이야기했지만 다시 한번 정리해보겠다.

(1) 우선 관련된 정보를 수집하고 이에 대한 공부를 한다.

(2) 평정심을 갖고 잠시 현안과 관계없는 일에 시간을 보낸다.

(3) 숙면을 한다. 무의식이 활동하기 위한 최적의 시간이다.

Let me sleep on it.

(4) 그다음 날 마음이 가는 방향을 고려하여 의사 결정한다.

둘째, 직감을 효율적으로 이용할 필요가 있다.

연극 햄릿은 직감에 즉시 반응하지 못하고 선왕의 복수를 미적거리다가 맞는 비극이라고 한다. 만약 햄릿이 직감을 효율적으로 이용했다면 연극의 길이가 짧아졌을 터이고 무대 위에서 죽는 사람도 줄어들었을 것이다.

아인슈타인은 직감은 신이 내린 최고의 선물이라고 하였다. 그는 물리학 분야에서 중요한 발견을 할 때는 우선 직감으로 판단하고 나중에 과학적 사고로 이를 증명하였다고 한다. 직감은 본인이 텅 빈 용기用器가 된 기분으로 마음을 비웠을 때 섬광처럼 나타난다. 사전 정보가 없고 시간 여유가 없는 긴급 상황이나 알려져 있지 않은 위험에 직면했을 때는 직감을 따르는 것이 좋다. 그러나 보통 사람의 경우 직감은 틀리는 경우도 많다. 그동안 숨겨져 있던 선입견이 튀어나올 수도 있기 때문이다. 그렇기에 직관으로 감이 오더라도 반드시 검증해야 하고 시간이 없다면 우선 갖고 있는 정보로라도 반드시 검증해야 한다. 미심쩍으면 추가 정보 수집과 분석도 필요하다.

셋째, 고대인古代人의 DNA가 남아 있음을 알아야 한다. 우리 마음 속에 약 20만 년 전 아프리카 대륙에 출현한 '호모사피엔스'인 고대인의 DNA가 아직도 자리잡고 있는 것을 고려해야 한다.

우리 뇌는 긍정적인 것보다 부정적인 것에 먼저 반응하도록 설계되어 있다고 한다. 그래서 아무리 좋은 소식이 많아도 생존을 위해 나쁜 소식에 먼저 집중한다. 이는 아프리카 초원에서 위험을 무릅쓰고 수렵, 채취 생활을 하던 고대인의 생존 방법이 아직까지도 우리에게 남아 있기 때문이다. 이처럼 내 마음속에는 이러한 부정편향negative bias이 자리잡고 있음을 인지하고 부정적인 정보의 실체에 대한 발생 가능성과 그 심각성을 더블체크할 필요가 있다.

또한 고대인은 생존을 위해 눈앞의 시급한 문제를 우선 해결해야 하므로 단기적인 의사 결정을 하게 되었다. 우리에게도 이러한 고대인의 DNA가 남아 있음을 의식하고 장기적인 면을 고려한 의사 결정이 되도록 주의를 기울일 필요가 있다.

넷째, 자기만의 긍정과 부정의 황금비율을 갖고 있는 것이 바람직하다. 긍정의 힘에 대해서는 푸시킨의 시 「삶이 그대를 속일지라도」에서 이야기했지만 다시 한번 요약하겠다.

두 자매가 있다고 하자. 언니는 마음이 착해서 남도 배려한다. 그러나 자신의 앞날에 대해서 긍정적이지 못하다. 반면에 동생은 욕심 많고 자기만 아는 성격이다. 그러나 자기 자신에 대해 긍정적이다.

이런 경우, 언니보다 동생이 잘사는 확률이 높다. 필자는 이를 우리 사회의 부조리라고만 생각하였으나 세상을 살아가면서 차츰 긍정의 힘이라는 것을 깨닫게 되었다.

반면에 때로는 현실을 의도적으로 냉정하게 부정적으로 바라보는 것이 올바른 판단에 도움이 되기도 한다. 모든 일이 순조로울 때도 경계심을 가질 필요가 있는 것이다. 긍정과 부정의 황금비율은 본인의 성격에 따라 다르겠지만 3:1 또는 4:1 정도가 아닌가 한다.

다섯째, 합리성으로만 만들어진 의사 결정은 실패할 확률이 높다는 것을 알아야 한다. 숫자와 분석 능력을 관장하는 좌뇌의 디지털적 사고로 만들어진 의사 결정은 감정과 느낌을 관장하는 우뇌의 아날로그적 사고에는 힘을 못 쓴다.

왜 그런가 하면, 사람은 감정의 동물이기 때문이다. 이성理性만으로는 상대방을 움직일 수 없다. 그래서 합리적으로만 만들어진 의사 결정은 자주 실패한다. 데일 카네기는 상대방의 관점에서 사물을 보지 못하면 외로운 길을 가리라고 하였다. 분석은 디지털적으로 하되 관점과 차원을 바꾸어 최종 의사 결정에서는 아날로그적 사고를 잊지 말아야 한다.

"To handle yourself, use your head.

To handle others, use your heart."

여섯째, 본질을 바라보는 의사 결정을 할 수 있는 안목을 키워야 한다. 복잡한 문제와 마주하게 될 때, 표면적인 현상이나 지엽적 면만 보지 말고 그 내면에 있는 본질을 보아야 현명한 의사 결정을 할 수 있다.

이를 위해서는 문제의 본질을 찾아낼 수 있는 안목을 키워야 한다. 쉬운 일이 아니다. 예를 들면 담뱃값 인상에 대한 논쟁의 경우 세수 확보, 서민 물가 등 지엽적인 여러 고려 사항이 있겠지만 가격 인상을 통한 수요 억제로 국민 건강을 지키기 위한 것이 본질이다.

어느 날 멘티인 대학 4학년생이 수출입은행 면접에서 은행을 지원한 이유에 대해 질문을 받을 경우 어떻게 답변해야 하는지 물은 적이 있다.

수출입은행 설립 목적의 본질은 수출 지원이다. 우리나라 경제에 가장 중요한 수출에 기여하는 은행가가 되겠다 하는 답변이 나올 수 있도록 본질을 볼 수 있는 안목을 길러야 한다. 이를 위해 평소에 복잡한 사항을 단순화하고 요약하여 보고서를 쓰거나 발표해보는 것이 도움이 될 수 있다. 이런 기회가 없다면 머릿속으로만이라도 요약하고 정리해보는 것 또한 어떤 일의 본질을 찾는 좋은 습관이 될 수 있을 것이다.

마지막으로, 무엇보다 중요한 것은 최악의 결정을 피하는 것이다. 감정을 다스리고 극단을 피하는 것이 현명하다. 극단적인 결정은 후회할 확률이 매우 높은 최악의 결정이 될 가능성이 크기 때문이다.

사람은 자연과 가까이할 때 자연의 높은 의식에 동화되어 의식 수준이 높아져 극단적 결정을 할 확률이 낮아진다. 『의식 혁명Power vs. Force』의 저자 데이비드 호킨스David Hawkins는 자연과 가까이할 때 놀랍게도 사람의 의식 수준이 상승한다는 실험 결과를 발표한 바 있다.

중요한 의사 결정이나 판단을 할 때는 자연과 교류하는 것을 습관화하는 것이 좋다.

소크라테스, 칸트, 루소 같은 철학자들도 걷기 광狂이었으며 자연과 벗하면서 철학적 사고를 가다듬은 것으로 유명하다.

특히 장 자크 루소(1712~1778)의 어록語錄은 흥미롭다. "나는 걸을 때만 명상을 할 수 있다. 걸음을 멈추면 생각도 멈춘다. 내 마음은 언제나 다리와 함께 작동한다."

미국 애플사의 스티브 잡스 역시 중요한 결정을 하거나 협상을 할 때는 주로 팔로알토에 있는 자기 집 주위를 몇 블록씩 걸었다고 한다. 성격이 괴팍하기로 소문난 그가 기업 경영에서 성공한 이유 중의 하나는 그의 이러한 의사 결정 습관 때문이 아니었는가 추측된다.

의사 결정의 중요성에 대해 다시 한번 강조하고 마무리하고자 한다. 오늘은 내가 만드는 세상이다. 오늘 내가 어떤 의사 결정을 하느냐에 따라 나의 하루가 창조된다. 뿐만 아니라 지금의 의사 결정이 나의 미래를 결정하고 인격을 만든다.

끝으로, 이 글이 독자 여러분, 특히 젊은이들이, 착한 사람들이 보다 나은 의사 결정을 하는 데 조금이라도 도움이 되었다면 너무나 고맙고 감사한 일이겠다.

세월이 가면

박인환

지금 그 사람 이름은 잊었지만
그의 눈동자 입술은
내 가슴에 있어

바람이 불고
비가 올 때도
나는 저 유리창 밖
가로등 그늘의 밤을 잊지 못하지

사랑은 가고
과거는 남는 것
여름날의 호숫가
가을의 공원
그 벤치 위에
나뭇잎은 떨어지고
나뭇잎은 흙이 되고

나뭇잎에 덮여서
우리들 사랑이 사라진다 해도

지금 그 사람 이름은 잊었지만
그의 눈동자 입술은
내 가슴에 있어
내 서늘한 가슴에 있건만

지금 그 사람 이름은 잊었지만
그의 눈동자 입술은
내 가슴에 있어
내 서늘한 가슴에 있건만

    이 시와 '명동 샹송'이 탄생한 에피소드는 너무나도 잘 알려진 이
야기지만 또 들어도 들어도 멋지고 감동적이다.

    1956년 3월 어느 날 초저녁 명동 '동방싸롱' 부근 골목길 막걸리 주
점에 박인환, 이진섭, 나애심이 모여 술잔을 돌리고 있었다. 며칠 전
박인환은 첫사랑 연인의 10주기를 맞아 망우리 공동묘지를 다녀왔
다. 그는 첫사랑에 대한 애절한 마음에 복받쳐 주모酒母에게 종이를
청하고, 즉석에서 「세월이 가면」이라는 시를 써 내려갔다. 바로 옆
에서 술잔을 들이켜던 이진섭도 그 시심詩心에 동조하고 심취하여
즉흥으로 곡을 붙였고 그 자리에서 나애심이 노래를 불렀다고 한다.
시나리오 작가이면서 언론인이기도 했던 이진섭은 원래 음악적 재
능이 뛰어나 음악을 전공하려고 하였으나 부모님의 반대로 뜻을 이

루지 못한 바 있었다. 그렇게 하여 「세월이 가면」이라는 명시와 명동 샹송이라고 불리는 명곡名曲 「세월이 가면」이 탄생한 것이다.

박인환은 그날로부터 며칠 후 자택에서 과음으로 인한 심장마비로 젊디젊은 서늘한 가슴을 흙에 묻었다. 미망인이 문인들의 청을 받아들임으로써, 박인환은 옛 연인 옆에 묻히는 호사를 누리게 되었다. 동료 문인들은 고인이 생전에 좋아했던 양주 조니워커를 묘소 위에 부으며 애도했다고 한다. 빈대떡집 젊은 마담도 꽃피기 전에 외상 술값 갚는다고 했는데 이렇게 죽으면 어떻게 하느냐고 훌쩍거리면서 외상 술값 독촉한 것을 못내 후회하였다고 한다. 요즘 같으면 상상하기 어려운 한 편의 드라마 같은 장면들이다. 모두가 낭만 시대에 벌어진 동화나 수채화 같은 이야기라 하겠다.

혹독한 전쟁을 치른 터라 문화 예술에 대한 갈증이 더욱 강렬하였던 1950, 60년대의 명동은 그야말로 문화 예술의 용광로였고, 전후 문예부흥의 중심 지역이었다. 지금의 명동예술극장, 당시 국립 극장에서는 연극, 무용, 오페라, 독창회 등 각종 문화 행사가 줄을 이었다. 좌석은 항상 모자랐고 입석까지 만원인 경우도 많았다. 그 당시는 다방 문화의 최고 전성기였고 '동방싸롱', '돌체', '나일구', '휘가로', '에덴다방'은 문인, 음악가, 화가, 연극인들이 진을 치고 앉아 인생과 예술을 논하고 다음 작품을 구상하는 사랑방 또는 창작실 역할을 하였다. 또한 '은성', '경상도집', '포엠' 같은 주점들도 문화 예술인들의 갈증을 채워주는 장소였다.

연말이면 망년 파티가 열렸고 '동방싸롱'에서는 가장무도회까지 열려 술과 춤과 노래로 밤을 새우기도 하였다. 이러한 용광로 같은 명동 시대의 낭만을 대표하는 시가 바로 박인환의 「세월이 가면」이고 여기에 붙여진 이진섭의 곡은 명동 샹송으로 불리게 되었다.

이런 낭만 시대가 다시 올 수 있을까? 이미 산업 사회를 압축해서 경험하고 정보 사회, 지식 사회에 접어든 이 시점에서, 사회를 리드하고 있는 신세대들의 사고방식이 많이 변하고 있다. 그런 점으로만 보면 50~60년대 명동 같은 낭만 시대는 다시 올 것 같지 않다. 그러나 인간의 DNA에 숨어 있는 낭만에 대한 매력은 없어질 수 없는 본성이기 때문에 명동 시대의 낭만은 언제고 다시 재조명되고 복구될 수 있는 일이 아닌가 생각해본다.

일을 사랑하며 범사凡事에 감사하라

황성주(한림대학교 예방의학과 교수)

1. 새벽에 자리를 박차고 일어나라. 일찍 자고 일찍 일어나라. 늦게 잤더라도 일찍 일어나면 다음부터는 일찍 자게 되어 있다. 오늘 밤 수면의 질이 내일의 능률과 직결된다. 최소한 일주일에 한두 번은 일찍 잠자리에 들라.

2. 아침 산책을 생활화하라. 아침 산책은 체중을 줄여준다. 근처 산이나 약수터가 있다면 더 말할 나위가 없다. 맑은 정신으로 하루를 구상하라. 좋은 책이나 진리의 말씀으로 아침 명상을 시작하라.

3. 부지런히 움직여라. 30분 일찍 출근하라. 준비하는 마음이 자신감을 회복시켜준다. 이왕 걸을 때는 힘차게 걸어다녀라. 엘리베이터 대신 계단 오르기를 하라. 일주일에 세 번 30분씩 운동하라. 잡일과 허드렛일을 자원하라. 요즘의 피로는 휴식 부족보다는 운동 부족이 기인基因하는 수가 많다.

4. 자신의 일을 사랑하며 범사에 감사하라. 사랑하는 일은 스트레스가 되지 않는다. 자신의 일을 사랑하는 사람이 밝고 건강하고 생동감이 넘친다. 최고의 스트레스는 스트레스 없는 스트레스다. 실직失職, 해직 후에 질병이 많이 생기는 현상은 우연이 아니다. 감사는 생을 풍요롭게 한다. 감사는 부정적인 무드를 밝은 분위기로 변화시킨다.

5. 꿈과 호기심, 탐구하는 자세를 잊지 말라. 지적 활동은 쉬면 빨리 늙는다. 두뇌는 쓸수록 젊어진다. 생각하고 연구하고 계획하라. 꿈이 있는 사람을 밝고 건강하다. 아름다운 꿈이 생을 활기차게 만든다.

6. 건전한 스트레스 해소책을 개발하라. 음주와 흡연과 도박은 결국 스트레스를 더해준다. 의기소침意氣銷沈하면 목욕을 하라. 아침은 좋은 음악으로 시작하라. 잠을 설쳤으면 낮잠으로 보충하라. 근무 중이면 힘차게 기지개를 켜라. 옥상에 올라가 심호흡을 하라.

7. 세끼 식사를 균형 있게 하라. 골고루 천천히 맛있게 먹어라. 아침은 죽이라도 먹고 저녁은 약간 줄여라. 점심 식사는 최고의 영양식으로 충분하게 들어라. 자연 미각을 길들여라. 인공식보다는 자연식으로, 청량음료보다는 생수로, 커피보다는 인삼차로 하라. 군것질은 과일로 하라.

8. 휴식, 스케줄을 철저히 잡아라. 쉴 때는 정보의 유입을 통제하라. TV나 신문에 몰두하는 것은 휴식이 아니다. 휴식도 일이다. 휴식의 질이 일의 능률과 생산성을 좌우한다. 일과 휴식의 균형을 유지하라. 휴식은 조금씩 자주 하는 것이 한꺼번에 많이 쉬는 것보다 효과적이다.

9. 건강과 성공의 흐름을 만들어라. 혼자서는 한계가 있다. 건강과 성공의 동지를 만들어라. 나보다 훌륭한 사람을 많이 만나라. 몸과 마음이 건강한 사람을 만나라. 운동도 같이 하고 공부도 같이 하라. 건강은 전염성이 강하다. 성공한 사람에게는 배울 점이 많다.

10. 부모에게 효도하고 가정을 사랑하라. 효자는 장수한다. 매사에 마음이 든든하니 효자는 성공할 수밖에 없다. 효로써 효를 심는다. 효자 집안에서 효자가 난다. 가정을 사랑하라. 부부데이트를 정례화하라. 가정에서 생기는 사소한 스트레스가 큰일을 망치는 수가 허다하다. 화목和睦한 가정은 성공과 건강의 원동력이다. 스트레스 해소는 가정에서 하라.

필자 나이 40대 후반이었던 80년대 말경, 모 경제신문에 넓은 지면을 차지하면서 게재된 황성주 교수의 이 글을 읽자마자 아, 이거다 하고 필feel이 꽂혔다. 그날로 문장 전체를 다시 타자하고 손상이 안 되도록 비닐로 코팅을 하여 사무실은 물론이고 집 책상에도 비치하여 생각날 때마다 읽어보곤 하였다.

황교수는 의학지식이 아니라 생활습관에 대해 어드바이스를 하고 있다. 새로운 것은 없다. 어디서 다 들어본 이야기들이다.

그러나 필자는 그 디테일에 주목하고자 한다. 무릇 충고는 첫째로 구체적이어야 효과가 있다. 예를 들면 아침에 일찍 일어나라고 해서만은 효과가 부족하다. 늦게 잤더라도 일찍 일어나면 다음부터는 일찍 자게 되어 있다는 구체적 설명이 필요하다. 황교수의 건강에 대한 10계명은 모두가 이와 같은 구체적 설명이 있다.

둘째로는 신선新鮮함이다. 30여 년 전의 어드바이스이지만 지금에도 신선하게 받아들여진다. "자신의 일을 사랑하며 범사凡事에 감사하라"라든가 "건강과 성공의 흐름을 만들어라"라는 충고는 의학적 지식만으로서는 할 수 없는 것이고, 우리의 인생, 삶의 본질을 깨달은 사람에게서 나올 수 있는 높은 식견識見으로 신선함과 감탄을 자아내게 한다.

이 책의 글들은 모두가 시에 대한 에세이이다. 그러나 이번 글만은 예외이다. 건강한 생활습관에 대한 어드바이스이다.

현대의 성인병은 대부분 생활습관병이라고 한다. 한 살이라도 젊은 나이부터 황성주 교수가 조언하는 방향으로 생활습관을 길들여 나가는 것이 육체적으로나 정신적으로나 건강한 노년을 약속받는 길이라고 확신한다. 그런 점에서 황성주 교수의 이 글이 어느 명시名詩 못지않게 추천할 만한 가치가 있다고 여겨져 일종의 파격으로 이 책의 리스트에 넣게 되었다.

지금까지 필자의 글을 읽어준 독자 여러분에 대한 감사의 뜻으로 드리는 자그마한 선물이라고 생각해주시면 고맙겠습니다.

명시 산책

시와 함께 걷는 기쁨

초판 1쇄 발행	2015년 11월 5일
초판 3쇄 발행	2016년 4월 15일
개정증보판 1쇄 발행	2019년 3월 14일
개정증보판 2쇄 발행	2019년 4월 19일
신개정증보판 1쇄 발행	2022년 2월 28일

지은이	이방주
펴낸이	김요안
편집	강희진
디자인	장지영

펴낸곳	북레시피
주소	서울시 마포구 신수로 59-1
전화	02-716-1228
팩스	02-6442-9684
이메일	bookrecipe2015@naver.com | esop98@hanmail.net
홈페이지	www.bookrecipe.co.kr | https://bookrecipe.modoo.at/
등록	2015년 4월 24일(제2015-000141호)
창립	2015년 9월 9일

ISBN 979-11-90489-52-2 03810

종이·화인페이퍼 | 인쇄·삼신문화사 | 후가공·금성LSM | 제본·대흥제책